CONTENTS

このダンジョンの設計者は元勇者です

柄本和昭

BRAVENOVEL
ブレイブ文庫

プロローグ

その日、ディオンは勇者となった。

地下二〇階層。街ひとつ分にも相当する超巨大ダンジョンの最深部、深淵の中にヤツはいた。
黒龍グラスノチェダール。世界最大にして最強の覇王。青白い光がその輪郭を浮かび上がらせ、ずらりと並んだ牙の奥からチロチロとオレンジの炎が明滅する。

「でけえ……」

ディオンは、ごくりと唾を飲み込んだ。千年の眠りについていたはずの黒龍が目覚め、目の前にいる。

噂に尾ひれはつきものだが、実際に目にした黒龍は、想像を遙かに超えて圧倒的だった。巨象を前にした猟犬のようだと、ふと思う。手にした剣がかすかに震えたが、黒龍の威容に恐れをなしたわけではない。

考えていたのは、目前の相手を倒すことのみ。これまで積み重ねてきた冒険者としての経験が、無意識のうちに相手の弱点を探していて、それが剣の切っ先へと伝わったのだ。

狙うべきは、おそらく喉。

ディオンの眼光が黒龍を射抜く。グラスノチェダールは全身が鋼のような鱗に覆われているが、喉だけはブレスを吐く際に筋肉を収縮させる必要があるのか、肌が剥き出しになっていた。あそこを貫けば活路は開ける。ここまで来て引き下がるという選択肢はありえなかった。冒険者稼業を始めて三年、いかなるモンスターにも背を向けたことはない。

「うおおおおおっっっ！」

愛剣パラムドリムを両手で構え直し、一気に距離を詰める。

目障りな獲物を視界の隅に捉えたのか、黒龍の目がぎょろりと動いた。巨大な口が上下に大きく開かれると同時に、熱風を吹きつけてくる。

ドラゴンブレスの前兆だ。息が詰まり、前髪が焼け、額から大粒の汗が噴き出してくる。

ブレスをまともに食らったら、一瞬で消し炭になるだろう。ディオンはすばやく左方向に跳躍し、ダンジョン最下層を支えている石柱のうしろへと回り込む。

直後、真紅の奔流がディオンの視界を埋め尽くした。

猛烈なドラゴンブレスは数秒前までディオンがいた場所の床を舐めるように、側壁から天井へと移動していく。高熱にさらされて、ダンジョン側面に彫り込まれていた像が融解した。

一拍遅れて、離れていたディオンの下にも熱波が到達する。喉が焼けそうになったのでとっさにマントで口元を覆い、酸素を確保しながら様子をうかがう。

黒龍は巨大すぎるがゆえに、足元に目が届かない。一撃でディオンを仕留められずに見失ったことが腹立たしいのか、鎌首をもたげて咆哮《ほうこう》する。

グオオオオオオ――――――ン！

その咆哮はすさまじく、ダンジョン全体にこだまする。

そればかりか有形の圧力となって天井を圧迫した。ダンジョン最深部の天井に無数の亀裂が生じたかと思うと、粉砕された石灰岩が粉雪のように降ってくる。

「やっべぇヤツだな。まったく」

マントを掲《かか》げて岩の破片から体をかばいながら、ディオンは呟く。

黒龍は、存在自体がスーパーSクラスの脅威なのだ。ドラゴンブレスや鋭い爪だけでなく、あらゆるものが武器になりうる。

「ちくしょう。燃えてきたぜ」

ディオンは、ぐっと剣を握り直す。こういうすごいヤツと戦いたくて冒険者になったのだ。

冒険者の中にはダンジョンに隠されているお宝だけが目当ての人間もいるが、金持ちになりたいという欲求は正直ない。

それよりも未知のモンスター相手に腕試しがしたい。そんな一途な思いのままにダンジョンを深く、もっと深く潜り続けて、こうして黒龍と対峙している。

しかし、その興奮とは裏腹に、ディオンの心は冷静だった。

黒龍は、獲物を見失ってとまどっている。しかし、ドラゴンの性質として執念深くプライドが高いので、このまま自分を見逃すことはありえない。己の縄張りに入り込んだ不愉快極まる闖入者《ちんにゅうしゃ》を仕留めるために、頭を低く垂れながら、絶対に首を反転させるはず。

その時こそチャンスだ。ブレスを吐くより先に首の下へと滑り込み、剣を無防備な喉元へと突き上げる。

腹ばいになって息を殺し、慎重にその機会をうかがう。

やがて黒龍は鼻をひくひくと動かしながら、ゆっくりと頭を巡らせた。巨体を支える後ろ足が、ダンジョンの床を踏みしめる。

あともう少し……

息づかいを懸命に押し殺しながら、ディオンは間合いを確認する。

三歩、二歩……一歩。

「いまだっ！」

覚悟を決めて腰を浮かしかけた、その時だった。

黒龍の鱗に付着したヒカリゴケ以外はほとんど光源がなく、海の底にいるかのようだった地下ダンジョンに、揺らめく灯りが見えたのだ。

ディオンから見て向かって右。床で燻っているドラゴンブレスの残り火ではない。

あれはたいまつの炎だ。誰かがたいまつを持って、最深部への階段をゆっくり降りてくる。

「なんでこんなところに人が!?」

他の冒険者がここまでやってくるのも驚きだったが、最悪なのはそのタイミングだった。

このままでは、あいつは極限までいらだっているドラゴンの格好の餌食だ。

「逃げろっ！」

自分の居場所が黒龍に知られるのも構わずに叫ぶ。

たいまつの動きがぴたりと止まった。それから心中のとまどいを表すかのように、頼りなげにふらふらと揺れる。

あいつ、まさか黒龍に気づいてないのか？　だとしたらとんだ素人だ。冒険者の風上にも置けない。

いても立ってもいられずに、ディオンは柱の陰から飛び出していた。たいまつの炎目がけて全力疾走していると、背後に生暖かい吐息を感じる。

（気づかれた！）

背中はまったくの無防備。今ドラゴンブレスを吐かれたらひとたまりもない。

しかし、黒龍も炎は続けざまには吐けないはずだ。肺に空気を溜める必要があるとかなんとか、冒険者の宿で仕入れたそんな噂にすがるしかない。

なんとか無事にたいまつのそばまでたどりつくと、ようやく持ち主の姿が見えてきた。ゴーグルを付けた、白い服の女の子だ。年齢は自分とそう変わらない気がする。

「おまえ、何やってんだ！」

怒鳴りつけると、彼女はびくりと肩を震わせた。

「あの、わたし……ダンジョンの点検に来て……」

「あれが見えないのか！」

少女の言葉を遮って黒龍を指差す。それでようやく少女は気づいたようだった。

「グラスノチェダール！　今は休眠期のはずじゃ……」

「そんなことを言ってる場合じゃない。いいから早く逃げろ！」

上層に誘導するが、少女は呆然と黒龍を見つめたまま動こうとしない。

なんて鈍くさいやつなんだ。

舌打ちしながら、ディオンは剣を構え直す。黒龍が迫ってきていて、もう逃げだす暇はない。

血走った目が、殺戮を求めてディオンを睨む。

黒龍の口から、ちろちろと炎がこぼれ出す。今にもブレスを吐きかねない。

一騎打ちなら望むところだが、彼女を守るとなると話は別だ。死力を尽くした大乱戦に巻き込ませないためには、一気に決着をつけるしかない。

「こうなったら最後の手段だ」

この手はなるべく避けたかったが、もはやためらっている場合ではない。ディオンは腰のポーチからすばやくある物を取り出した。

流しの武器商人から大枚をはたいて買い込んだ、手投げタイプの爆薬だ。それをしっかり握りしめると、黒龍の眉間に狙いをつける。

「もうこれしか方法がない」

ディオンは承知の上で大きく振りかぶる。

「だめっ！」

そこに少女の腕が絡みついた。腕が後ろに引っ張られてバランスを崩しかけ、危うく転びそうになる。

「何するんだ。放せ！」

「だめったらだめ！」

ディオンが必死なら少女も必死だった。ハーフアップを振り乱してすがりつく。

「ダンジョンを壊すなんて絶対にだめ！」

「そんなことはしない。きっちり黒龍だけを狙って足止めするつもりだ」

黒龍はふたりの至近距離まで近づくと動きを止めた。鼻孔が膨らみ、噛みしめた牙の隙間から炎が漏れ出す。ドラゴンブレスをチャージしているのだ。

もはや一刻の猶予もない。

「食らえ！」

力任せに少女をふりほどくと、ディオンは爆薬を黒龍の眉間めがけて投げつけた。

「よし、狙い通りだ！」

ディオンは拳《こぶし》を握りしめる。

しかし、爆薬が命中する直前に、黒龍が翼を大きく羽ばたかせたのだ。土煙が巻き起こり、激しい風にあおられた爆薬は目標を外れて天井を支えていた石柱に命中する。

「そんなバカなっ！」

石柱は轟音と共に粉砕された。それが引き金になり、連鎖的に残りの石柱も崩れ落ちていく。

大崩壊が始まった。

「迷宮が！」

天井が崩れ落ちてくるのを見て、少女の表情が絶望の色に染め上げられる。

緻密な設計により絶妙なバランスで構築されていた迷宮は、一本の石柱の破壊がきっかけとなって加速度的に崩落範囲を広げていった。

「逃げるぞ。走れ！」

突然窮地に立たされてしまった。このままでは生き埋めになる。ディオンは少女の手を掴むと、全力で階段を駆け上がる。

背後から苦悶に満ちた咆哮が聞こえてきた。黒竜グラスノチェダールはその巨体が災いし、崩れ落ちる岩盤から逃れることができない。

断末魔の悲鳴も、すぐにダンジョンの崩壊音に掻き消された。

どこをどう走ったのか記憶がない。気がつくと地上への脱出に成功していた。

全身埃まみれだが、幸い怪我はないようだ。

「怪我はないか？」

「こほっ……はい」

少女は、咳き込んでからうなづいた。埃で顔が真っ白だが、無事らしいのでほっとする。

振り返ると、ダンジョンは跡形もなくなっていた。

地表部分も、隕石でも落ちてきたかのようにクレーター状にごっそりとえぐれて陥没している。地下に至ってはどんな惨状になっているのか想像もつかない。

「ううっ。ぞっとするな」

さすがのディオンも、この結果は予想外だった。

爆薬を使って黒龍を一時的にでも足止めできれば御の字と思っていたのに、まさかダンジョンごと崩壊するなんて。

「結果オーライってことかな。とにかく俺がドラゴンを倒したんだ」

冒険者なら知らぬ者はない、黒龍グラスノチェダール。自然界の頂点に君臨する畏怖すべき覇王を、過程はどうあれディオンはたったひとりで退治したのだ。

いつの間にか、周囲に人垣ができていた。

顔なじみもちらほら見える。宿屋のおやじに定食屋のおばちゃん。彼らはディオンとは一定の距離を置きながら、いぶかしげにこちらを見ていた。

「あれはディオンじゃないか？」

「そうだ。顔は真っ白いが、『猪突猛進』のディオンだよ」

街の人たちの囁き交わす声が耳に入る。

「ものすごい音が聞こえたが、いったい何があったのかね？」

魚屋のご隠居が不安げな目で尋ねてくる。ダンジョンの崩落は、少し離れた場所にある市街にも轟《とどろ》いたらしい。

事情を説明していくと、話の途中で街の人たちが怯えた顔でざわめき始めた。

「ダンジョンが破壊されたって？」

「まさか、黒龍が目覚めるなんて……」

「ヤツが暴れ出したら手がつけられない。すぐに避難の準備だ！」

ディオンは、浮き足立つ人々を落ち着かせるために堂々と両手を広げ、一歩前に進み出た。

「みんな、心配はいらない」

街の人たちをゆっくりと見回す。たっぷりと勿体をつけてから、声高らかに宣言した。

「俺が、黒龍グラスノチェダールを倒したぞ！」

「なんだって!?」

人々は互いに顔を見合わせる。

「それは本当か？」

「まさか、あのディオンが？」

「安心してくれ。ダンジョンはぶっ壊れたけど、黒龍は永遠にがれきの下だ」

「そうか……」

ようやく人々は状況を飲み込んだらしく、あちこちから称賛の嵐が巻き起こった。

「あいつは王国警備隊でさえ歯が立たなかった『伝説の』モンスターだ。なんとか迷宮に封じていたが、万が一地上に現われたら大変なことになっていただろう。君は街のみんなを救った勇者だ！」

「俺は、ただみんなを救いたかっただけだ」

あまりにみんながほめるので、かえって恥ずかしくなったディオンは、照れ隠しにわざとそっけなく応じる。

けれども、内心では冒険者としての義務を果たせたことが嬉しかった。

『困っている人を助けるべし』それが冒険者の心得第一条だ。少女だけでなく、街の人たちみんなを救えたことが誇らしい。

そう思ったら、また興奮が蘇ってきた。

「俺があの黒龍を倒した、初めての冒険者だ！」

拳《こぶし》を天に向かって突き上げる。そして子供たちにせがまれるまま、爆薬を使ってダンジョンを破壊し、黒龍を岩盤の下に埋めた顛末を語った。

「それは本当か？」

突然、後ろの方で声が聞こえて、ディオンを囲んでいた人垣がふたつに割れた。

銀色の鎧に身を包み、槍を持った男たちが進み出てくる。胸甲には双頭の蛇の紋章。

泣く子も黙る王国警備隊だ。

「ディオンといったな。今の話は事実か？」

先頭の赤マントの隊長が念を押す。

「えっ？　ああ」

無邪気にディオンはうなずいた。

「ドラゴンを倒してダンジョンを破壊したことを認めると？」

「そうだ」

「そうか。それはお手柄だな。君は黒龍退治の勇者というわけだ」

「いやー、勇者だなんて、照れるなぁ。ははは」

頭をかいてにやけるディオンとは対照的に隊長の声は冷たく、強面の顔からはどんな感情も読み取れない。

「それではご同行願おうか」

「同行？　どこに？」

隊長は返事をしない。代わりに無言で顎をしゃくると、左右の兵士たちがさっと槍を構えた。

ディオンは警備隊に取り囲まれ、隣にいた少女からも引き離されてしまう。それで遅まきながらようやく不穏な気配に気がついた。

「おい、なんのつもりだ！」

「冒険者ディオン。貴様をダンジョン破壊罪で逮捕する」

抵抗する間もなく手錠を掛けられる。

その日、ディオンは勇者となり、同時に前代未聞の犯罪者となった。

第一章　華麗なる転職

「人生なんてわからないもんだなァ」

水桶に積まれた食器皿を、ディオンはひたすら洗っていた。

「ううっ、冷てぇ」

夏も終わりに近いこの季節。井戸から汲んだ水は、氷の刃のように容赦なく手に突き刺さる。

背後の扉の向こうからは、冒険者の陽気な笑い声が聞こえてくる。ほんの一か月前までは、ディオンもそのひとりだったのだ。迷宮に潜ったあとは、疲れを癒やすためにたらふくうまいものを食べ、仲間に今回の冒険の自慢話をする。

食器とは料理を食べるためのもので、あかぎれを作りながら洗うものではなかったはずだ。

「しっかりやってるか？　これも追加で洗ってくれ」

フロアから戻ってきた居酒屋ぽっぽ亭の主人――ポルコが、食べ残しの入った皿をディオンの前に積み上げる。それから水桶をのぞき込んで渋い顔をした。

「なんだ。まだこれっぽっちしか洗えてないのか？　遅い遅い遅ーい！　仕事は山ほどあるんだぞ。皿洗いが終わったら、包丁磨きと店の前の掃除だ」

「クラーケンじゃあるまいし、そんな一度にできるかよ。俺の手は二本しかないんだぞ……おっと、しまった！」

洗った皿を脇に置こうとして、ディオンは手を滑らせた。ぽっぽ亭の中でも一番高価な陶器の皿が床に落ちてパリンと割れる。

ポルコは、エプロンのポケットから取り出した手帳を確認する。

「これで七枚目か。おまえ、人は救えるのに皿は救えないんだな」

「皿が勝手に逃げていくんだよ。ったく、皿洗いはゴブリン退治より難しいぜ。だいいち、今まで冒険しか経験ないんだからしかたないだろ」

「警備隊の連中、おまえから冒険者免許を取り上げたんだろ？」

ポルコは、気の毒そうな目でディオンを見つめる。

「冒険者免許がなけりゃ迷宮に潜れないし、財宝を集めることもできないんだろ。商売あがったりじゃないか」

「ああ。だからこうしてここで働かせてもらってるんじゃないか」

「街を救ったからダンジョンを壊したことはお咎めなしになったとはいえ、おまえも苦労してるんだなぁ。うんうん」

ディオンの背中を叩きながら、ポルコはエプロンのポケットから小さな革袋を取り出した。

「今日までの給金だ。これっぽっちかしかないが受け取ってくれ」

「ど、どういうことだ？　働き始めてからまだ十日だぞ。一か月の契約って話だったじゃないか」

「はっきり言って、おまえこの仕事は向いてないよ。このペースで皿を割られちゃ商売あがったりだ。すまないが他の仕事を探してくれ」

三軒目の仕事先をクビになった瞬間だった。

「大丈夫、おまえならきっとどこだってやっていけるさ」

「たった今、俺をクビにした人間の言うセリフじゃないと思うんだが」

「さっき割った皿の分だけは引かないでおいてやるよ。じゃ、今度は客としてきてくれよな」

受け取った革袋は、涙が出るほど軽かった。


律儀に残った皿洗いだけはきっちりと済ませて、ディオンはぽっぽ亭を出る。

すっかり日は暮れていた。これから酒場に繰り出すだろう冒険者たちが、陽気な歌を歌いながら横をすり抜けていく。

ほんの一か月前までは、自分もあの中に混ざっていた。迷宮で手に入れたお宝を手に、意気揚々と街を闊歩していたものだ。それがこんなことになるなんて。

「人生なんてわからないもんだなァ」

今や口癖となってしまったセリフが飛び出す。ポルコに言われたように、ディオンは冒険者の資格を失っていた。ぽっぽ亭のバイトもクビになり、今や無職というわけだ。

腹の虫がキュウと鳴る。

そういえば、今日は朝から何も口にしていない。せめて賄い飯を食べてから辞めればよかった。今からでも店に戻ろうか。ポルコもそれくらいは許してくれるだろう。

「いやいや。何をみみっちいことを思ってるんだ。たとえ免許がなくたって、冒険者の気概だけはなくさないぜ」

『冒険者は常に堂々たれ』それが心得第二条だ。

夕飯は干しイモで我慢すればいい。そう決めて、ディオンは公園へとやってきた。

大通りから外れた場所にある公園は、昼間こそ子供たちがはしゃいでいるが、宵闇に包まれたこの時間はディオンの他は誰もいない。

なけなしの干しイモをかじりながら、公園の池に映った自分の顔を見つめる。

少しやせただろうか。

ディオンは頬に手をやった。こうして見てみると、ひどくみすぼらしくなった気が……

そこまで考えた時だった。

「だめっーーーー！」

背後から声がしたかと思うと、背中に激しい衝撃を受けていた。あっと思う間もなく突き飛ばされて、そのまま池に転落する。

「うぎゃーーーーっ、つめてぇ！」

両手をバシャバシャさせながら、ディオンはずぶ濡れで岸に這い上がる。その前には白い服の少女が立っていた。少女は涙目で、何事か訴えかけてくる。

「どうか早まらないで！」

「えっ？」

「簡単に諦めないで。生きていればきっといいことがあります。どうか思い詰めないでください。私でよければ相談に乗りますから」

「待ってくれ。どういうこと？」

ディオンはとまどいながらも、いったん少女の言葉をストップさせる。

「ひょっとして、俺が池に飛び込んで死ぬとでも思った？」

「はい。だってすっごく深刻な顔でじっと池を見つめていたから……違うんですか？」

「違うわ！」

冷静でいられるのもここまでだった。

「ひえっ」

少女はびくっと細い肩を震わせる。ディオンは詰め寄ると、

「どんだけ思い込みが激しいんだ。池に映った自分の顔を見ていただけじゃないか。そもそも止めるつもりなら押さないでくれ。冬場だったら本当に死んでたかもしれないぞ」

「ご、ごめんなさい。池に飛び込もうとしているって思って、とっさにタックルしてたんです」

「おりゃ」

思わず少女の額に軽いチョップをかます。

「ああっ、すみません〜」

「心配してくれたのはありがたいけど、びっくりするじゃないか」

「わたし、無我夢中になると突撃しちゃうタイプなんです」

「今度からは、突撃の前に状況をよく確認しろよな。へっくし！」

ディオンは大きなくしゃみをする。

「あの、大丈夫ですか？」

「誰のせいだと思ってるんだ……」

「あの、よかったらこれで拭いてください」

少女は、肩から下げたポーチからタオルを取り出して渡してくれた。

「大丈夫だ。すぐ乾く。それより何か落ちたよ」

タオルと一緒に落ちた紙を指差すと、少女はかがんで拾い上げた。

「これは、ぽっぽ亭さんに頼んで、お店に貼らせてもらうつもりのチラシです」

ディオンは、差し出されたチラシを読み上げる。

「ダンジョン屋、従業員急募？」

「ダンジョン屋っていうのは、わたしの会社です。文字通りダンジョンを造ったり管理してるんですけど、わたし、こう見えて社長なんです！」

胸を張る少女のことを、ようやくディオンはまともに見た。顔は好みだし、胸は大きくもなく小さくもなく……ではなく、どう見ても自分と同い年くらいのようだ。

「ちなみに、今いくつなんだ？」

「十七歳です」

「俺よりたったひとつ上。それで社長なんて、もしかしてすごく偉い人なのか？」

冒険者しか経験のないディオンにとって、社長という肩書きは国王に匹敵するほど立派なイメージだった。金ピカの建物の中で、豪華な椅子にふんぞり返っているような。

「チョップしたりして悪かった」

「とんでもない。わたしが早とちりしたのがいけないんです。それよりも、先日はお世話になりました。改めて御礼申し上げます」

「ん？　誰だっけ？」

急に改まって挨拶されて驚いた。冒険者仲間にこんなかわいい子いたっけかなと首をひねっていると、少女はくいくいと自分の顔を指差す。

「わたしです！　ほら、迷宮で助けていただいた」

赤いリボンで結ばれた髪を見て、記憶の焦点が結ばれた。

「思い出した！　ダンジョンの人か！」

「ダンジョンの人!?」

「あの時はゴーグルを付けていたからわからなかったよ。気づかなくて悪かった」

「メイアです」

深々とお辞儀をするメイアに、ディオンも名乗らざるをえない。

「俺はディオン。ディオン・ファンデルだ」

「知ってます」

「……だよな」

この街でディオンを知らない人間はいない。今や話題沸騰の時の人なのだ。

「怪我はなかったみたいだね」

「はい。あなたのおかげで助かりました。もし手を引っ張ってくれていなかったら、崩れ落ちる天井の下敷きになっていたかも」

「ならよかった」

「そのお礼がしたくて、ずっと捜していたんです。お宅にも伺ったんですが、ディオンはもう出ていったって言われて困ってたんです」

「下宿屋は引き払ったんだ。少しでも倹約したくてさ」

「あのう、やっぱりあの噂は本当なんですか？」

メイアが、あたりを見回しながら声を潜める。

「噂って？」

「あなたが借金取りから逃げ回ってるって噂です。わたし、その噂を耳にしていたから、ディオンを見つけた時、いよいよ覚悟を決めちゃったんだ、止めないとって思っちゃって」

「ないない。そもそも借金取りから逃げ回ってないし、覚悟も決めてないから」

どうやらメイアは、自分が言うように早とちりしがちな性格のようだ。うまく喋れる自信はないが、ここはきちんと事情を伝えておいた方がいいだろう。

「とりあえず座って話さない？」

話せば長くなるので、近くのベンチに並んで腰を下ろす。

「ダンジョンをぶっ壊した後の俺のことは知ってる？」

「はい。噂でばっちり耳にしてました」

頷くメイアに不安が芽生えたので、念のため逮捕されてからのいきさつを説明する。

「警備隊に連行されて、そのまま牢屋に放り込まれた。罪状はダンジョン破壊罪だそうだ」

一晩中抗議をしたが相手にされず、声も枯れ果てた翌朝、牢屋の柵越しに一枚の書類が差し出された。それは、ディオンの冒険者免許を永久的に取り上げるというダンジョン協会からの通達だった。

「免許がなけりゃ迷宮に潜れないし、財宝を集めることもできない。いきなり人生詰んだってわけさ」

「そんなのおかしいじゃないですか。ディオンは黒龍から街のみんなを救った勇者なのに」

「そう言ってくれる人もいるんだけど、ダンジョンを壊したのは本当だからなぁ。だけど、街の人たちが俺のために署名活動をしてくれたんだ。黒龍が外に出て暴れ回ったら街は火の海になっていたはずだから、どうか罪を赦してやってほしいって」

「ですよね。わたしもそう思います」

メイアは力強く同意する。

「それを聞いた時は嬉しかったな。で、ダンジョン協会が無視できなくなって、結局冒険者免許は取り上げるけど、ダンジョン破壊罪はお咎めなしってことになったんだ」

「そうだったんですか。でも、ダンジョンを壊したことで、多額の借金を抱えたって聞きましたけど」

「違う違う。確かに一度はそういう話もあったけど、みんなの声が後押しになって、こっちもお咎めなしになったんだ。だけど、ダンジョンを壊したのは本当だし、何もしないってわけには……だから責任を取って」

「ちなみにおいくらですか？」

「ダンジョン協会の管理官は、二〇億ギルダーって言ってたな」

「ひえっ」

メイアが白目を剥いて倒れそうになるのを、ディオンは慌てて支えてやった。

「おい、大丈夫か？」

「二〇億ギルダーなんて、額が大きすぎて想像できないです。それをひとりで弁償するつもりなんですか？」

「俺がやったことだ。責任は取る」

「お咎めなしなんだから、お金を払う必要はないと思うんですけど……」

「今回の件でみんなに迷惑をかけたのは本当なんだ。何もしないわけにはいかないよ」

「そうだったんですか……」

「弁償するために、これまで冒険で貯めた貯金とバイト代でこつこつ払っているんだが、まだまだ全然足りない。それで生活を切り詰めてるってわけさ」

「ごめんなさい」

不意にメイアは顔を伏せた。

「わたしのせいでもあるんですよね。わたしがダンジョンでモタモタしていなければ、こんなことにはならなかったのに……」

「別に君のせいじゃない。俺の腕が未熟だったから、あんなやり方しかできなかったんだ。もっと剣技を磨いておけばよかったんだ」

ディオンは腰に吊した愛剣パラムドリムの鞘を叩いた。身のまわりの物は全て売り払っても、これだけは売らずにいた大切な家宝だ。

「本当にごめんなさい」

「だからもういいんだって。俺は、俺のしたことが間違っていたなんてこれっぽっちも思ってない。後悔なんてしていないさ。それに、俺、頭が悪いから難しいことはわかんないけど、いつだって顔を上げて生きていきたいしな」

「わたし、ディオンのことを尊敬します！」

「よしてくれ。恥ずかしいだろ」

真っ直ぐにほめられて照れくさくなったディオンは、動揺しているのをごまかすために、メイアのチラシを目で追った。

『アットホームで楽しい職場で働きませんか？　経験者優遇。住み込みも可能です』

「住み込みも可能!?」

思わず二度見してしまう。

「なあ、これって本当か？」

「はい。社員寮は個室なので、福利厚生もばっちりです」

「なんておあつらえ向きなんだ！」

思わずディオンは手を叩いていた。

「応募する！　面接はいつ？　できれば明日から入社させてくれ！　いや、明日とは言わず、今日からでも！」

下宿を引き払い、ぽっぽ亭もクビになって、今夜はこのベンチが寝床になるだろうと思っていたディオンにとって、住み込みの仕事は願ってもないものだった。これで夜露に頬を濡らしながら眠らずにすむ。

「頼む。このとーり！」

両手を合わせて伏し拝むと、メイアがその手を包み込むように握りしめて尋ねる。

「ひとつだけ確認してもいいですか。ディオンは、迷宮設計士の資格を持ってますか？」

「めいきゅう……なに？」

「迷宮設計士の資格免許です」

「なにそれ。聞いたことないんだけど」

嫌な予感がする。免許といったら冒険者免許しか思いつかない。

「ひょっとして、君の会社に入るには、その迷宮設計士免許が必要なのか？」

「はい。このチラシにもちゃんと書いてあります」

メイアの指差した先には、赤文字でしっかりと『要迷宮設計士免許』と記されていた。

「気づかなかった……『住み込み可能』しか目に入らなかった。くっ……今夜も硬いここが俺の寝床か」

　硬いベンチを手で触る。

「あ、大丈夫です。今の質問は忘れてください」

　メイアが、大きく首を振りながら言い直した。

「えっ？　だって免許が必要なんだろ？」

「ええ。でもたとえば見習いとしてなら大丈夫じゃないかなあと」

(視線をそらしたままそんなこと言われても、説得力皆無なんだが……)

　そう言いかけて思いとどまる。ここで余計なことを言ってメイアの気が変わったら困る。

　代わりに口をついて出たのは「お願いします」の一言だった。

「こちらこそ、これからよろしくお願いします」

「ありがとう社長！」

「メイアでいいです。社員はみんなそう呼んでますから」

「そっか」

　気軽な感じで名前を呼べるのが嬉しかった。

「メイア」

「なんですか？」

「メイア」

「だからなんですか？」

「悪い。ちょっと呼ぶ練習をしてみただけだ」

同い年くらいの女子を名前で呼ぶのは初めての経験なので、緊張してつい二回呼んでしまった。冒険者仲間はむさ苦しい男しかいなかったのだ。

「えー、そんな練習、しなくてもいいですよぅ。普通に呼んでください。普通に」

メイアが唇を尖らせる。怒っているわけではないようなのでほっとした。

「では行きましょうか。ついてきてください」

「ちょっと待った。その前にひとつだけ質問がある」

「なんですか？」

「……いや、やっぱいいや」

『ダンジョン屋』って、具体的にはどんな仕事してるんだ？　迷宮設計士って何？

そう聞こうとしたのだが、今度こそ本当に失望されるのが嫌だったので、咳払いをしてごまかしつつ、ディオンはメイアのあとをついていった。


南の街外れのうらさびれた一角に、その店はあった。レンガ作りの一軒家。赤い切妻屋根から伸びた煙突と、壁を覆い尽くしているツタが魔女の屋敷を連想させる。

「こんな店があったのか」

軽く百年は経っていそうな建物を見上げてディオンはつぶやく。

玄関扉の上の壁には『ダンジョン屋』と手書きの看板が取りつけられていたが、年季が入っているせいで、ところどころペンキが剥げている。おまけに微妙に傾いているのが、なんとも切ない気分にさせた。

「中へどうぞ。まだみんな残業しているはずだから、紹介します」

「ああ」

若干緊張しつつ、ディオンは扉をくぐって店の中へと足を踏み入れた。

そのとたん、部屋の奥から黒い物体がものすごい速さで飛びかかってきた。

「うおっ!?」

ディオンは身の危険を感じ、反射的に飛びすさる。

しかし、とっさの行動ゆえの悲劇というべきか、扉の鴨居に頭をしこたまぶつけてしまった。

「ぐはっ！」

激しい痛みが後頭部を走り抜け、目から火花が散ってうずくまる。

そこに何かがのしかかってきた。

獣の臭いとうなり声。

(やばい。食われる！)

総毛立った次の瞬間、頬をぺろぺろ舐められた。

「……ん？」

違和感を覚えておそるおそる薄目を開けると、人懐っこそうな目と目が合った。

「犬？」

ではない。よく見ると首が三つある。魔犬と呼ばれるケルベロスだ。三つの頭が同時にディオンの頬を舐めたり匂いを嗅いだり頭をこすりつけたりしてくる。

「くすぐったい。やめてくれー！」

体を入れ替えて逃げようとするが、ケルベロスは重くて動けない。メイアに助けを求めたが、彼女もおろおろするばかりだ。

このままでは全身ケルベロスの唾液まみれになってしまう。泣きたくなっていると、どこからか鋭い声が響いた。

「戻れ！」

女性の声だ。ケルベロスは直ちに反応し、ディオンから離れて部屋の奥へと戻っていく。

「やれやれ。ひどい目にあった」

ディオンはよろよろと立ち上がる。服の袖をつまんで臭いを嗅ぐと犬臭かった。

「最悪だ……」

「ごめんごめん。この子たち、久しぶりのお客さんが嬉しかったみたい」

鞭を持った女性が近づいてきた。

ゆるやかにカールした緑の髪と琥珀色の瞳。黒のレザースーツを着ているが、豊かすぎる胸がそれを内側から押し上げていて、ぱつんぱつんに張り詰めている。

「あたしはサンディ」

ウインクをして右手を伸ばしてくる。メイアにはない大人の余裕を感じた。年上の女性と話す機会が少ないディオンは緊張してしまい、おっかなびっくり握手する。

するとサンディはディオンの手に顔を近づけていき、くんくんと鼻を鳴らした。

さらに舌を出し、ちろりと手の甲を一舐めされる。

「わわわっ！」

動揺したディオンは、サンディに舐められた右手を押さえながら、すすすと距離を取る。

「ふふ。君の匂い、覚えちゃった」

サンディは妖しく微笑み、ディオンは助けを求めてメイアを見た。

「彼女はモンスター調教師。頼りになる、わたしにとってはお姉さんみたいな存在です」

初めて聞く職業だった。しかし、言われてみれば、さっきまでディオン相手にはしゃぎまわっていたケルベロスは、サンディの足下で借りてきた猫のようにおとなしい。

ケルベロスは凶暴なモンスターで、冒険者にとっては手強い相手のはずなのだが、この様子を見る限りそんな気配はまったくなかった。

「これ、あんたが飼ってるのか？」

ケルベロスを指差すと、サンディに思いっきり足を踏まれた。ヒールの先が突き刺さる。

「いってえ！」

「これ、とか言っちゃダメ。この子たちには、ちゃんと名前があるんだから。右の首からケル、ベル、ロス」

ケルベロスは、サンディが頭を撫でるのに合わせてワン、キャン、ヒャンと鳴いていく。

「……覚えやすい名前だな」

あえて安直とは言わないでおく。ヒールの次は鞭が飛んできたらかなわない。

「この子たち、君が気に入ったみたい」

「それはどうも」

メイアから借りたタオルで顔を拭いてから、ディオンは室内を見回した。ようやく周囲を確認する余裕ができたのだ。

「ここは事務室です。二階は社員寮になっていて、サンディたちが住んでます」

「俺の部屋もあるんだよな？」

そこが一番重要だった。

「もちろんです。一番手前の部屋が空いてますから使ってください」

「ん？　ちょっと待って」

サンディは、メイアとディオンを交互に見つめる。それまでの笑顔が曇り、怪訝《けげん》な表情へと変わっていく。ディオンを指差して、

「彼、ウチのお客さんじゃないの？」

「今日から一緒に働くことになったんです」

「ねぇシローネ、聞いてる？」

サンディは、事務所の奥に呼びかけた。書類が山積みになった机から、銀縁メガネの少女が

ひょっこり顔を出す。

「いいえ。わたくしは何も」

おかっぱ頭の眼鏡少女が、フレームの位置を直しながら答える。書類の山の陰になっていて気づかなかった。

メイアが、ガイドのように右手を伸ばす。

「彼女はシローネ。うちの経理担当です。まだ十三歳なのに、すっごく頭がいいんですよ。去年の全国算術選手権でなんと三位に入ったんですから」

「その話はいいですから」

シローネは椅子からぴょんと飛び降りると、てててっと小走りにやってきた。ディオンよりも頭ひとつ分くらい背が低い。

「どうして事前に相談してくれなかったのです？　社員の採用面接は、わたくしの仕事のはずでしょう？」

シローネは、ディオンを無視してメイアを見上げる。

「勝手に決めちゃってごめん。困っている様子だったから、どうしても放っておけなかったの」

「メイアのそういうところ、嫌いじゃないけどよくないですわ」

「ごめんなさい」

「まあいいですわ。で、これが新人ですの？」

シローネは、ようやくディオンに視線を移す。会った早々『これ』呼ばわりされて、さっきサンディが怒った気持ちがよくわかった。これからは、相手のことはきちんと名前で呼ぼう。

「お近づきのしるしですわ」

シローネが右手で風車を差し出した。羽根の部分に和紙を貼り合わせた手作りのものだ。

「あ、どうも」

なにげなく受け取ると、今度は左の手のひらを上にして差し出してくる。

「二百ギルダーです」

「金取るのかよっ!?」

「これはウチのれっきとした商品です。わたくしが丹精こめて作ったのですから、労働の対価をもらうのは当然のことですわ」

「商品っていうか、シローネが趣味で作ったものだけど」

「サンディは黙っていてくださいませ！」

「はーい」

絶妙のタイミングでサンディが突っ込み、すかさずシローネが反撃する。このふたり、見た目もスタイルも対照的だが、息はぴったり合っているようだ。

「金を取るならいらないよ」

「受け取ったからには返品お断りですわ」

シローネは手を緩めない。意外としつこい性格のようだ。

「あいにく持ち合わせがないんだよ」

「でしたら、代わりにその剣を引き取ってもよろしくてよ」

シローネは値踏みをするようにメガネのレンズを光らせる。ディオンは慌てて腰に吊した剣を握りしめる。

「こいつは先祖代々伝わる家宝なんだ。何があってもこいつだけは渡せない」

「なかなかの業物《わざもの》と見ましたわ。確かに風車の対価としては釣り合わないようです。今の話は忘れてください」

「当たり前だ！」

「では二百ギルダーいただきます」

「結局、金は取るのかよ！　断固拒否する！」

「むきになっちゃって。か・わ・い・い」

横でやりとりを見ていたサンディが、ディオンの髪をくしゃくしゃにする。

それから髪を一房つまみ上げると匂いを嗅いだ。

「よせって！」

ディオンは、ダンジョン屋に来たことを後悔し始めていた。サンディといいシローネといい、ダンジョン屋の社員はくせ者揃いだ。まともなのはメイアだけか……

そのメイアは、これまでのやりとりを見ながら、ずっと楽しそうに微笑んでいた。シローネが引き下がるタイミングを見計らって、改めてディオンを紹介する。

「今日からダンジョン屋に〝見習い〟として入ることになったディオンです。みなさん、なかよくしてあげてください」

「ディオンだ。よろしく」

名乗ったとたんに、サンディとシローネは無言で素早く視線を交わし合った。

「ディオンって、あの『猪突猛進』のディオン？」

確認するように、サンディが尋ねる。

「ああ」

サンディの問いにうなずくと、シローネがそっとメイアの袖を引っ張った。

「ちょっとよろしくて？　サンディも」

シローネが、ふたりを連れて奥の部屋へと引っ込んでいく。

「なんなんだ？」

首を傾げるディオン。しばらくはおとなしく待っていたが、いつまで経っても誰も戻ってこないので、手持ち無沙汰になってきた。

暇つぶしに事務室の中をブラブラする。

玄関を入ってすぐのこの部屋には、机がいくつか並べられていた。シローネの机にはソロバンが置かれていて、数字の書かれた紙束が散乱している。ペットフードが落ちているのはサンディの机だろう。その脇でケルベロスが丸まっている。ディオンにはもう関心がないようだ。

壁に沿って本棚があり、『美術的建築史Ⅰ』だの『トラップ大全』などという難しそうな書物が並んでいた。右手には仕切りがあって、その奥には来客用のソファが置かれている。反対側には給湯室。正面にはシローネたちが入っていった建物の奥へと続く扉がある。二階への階段も、おそらく向こうにあるのだろう。

「なんだこりゃ？」

メイアの机の上に、書類に紛れて円筒形の物体がある。整頓されている机の中で、それだけが妙に浮いていた。

「万華鏡か」

穴を覗きながら回してみると、色とりどりの幾何学模様が回転しながら映し出される。幻想的で心奪われる鏡の世界が展開していく。

「おっと、つい夢中になっちまった」

我に返って、万華鏡をそっと元の場所に戻す。

「それにしても遅いな」

いいかげん事務所も探索し尽くした。元々気が長くはないディオンはそれでも何度かためらったあげく、とうとう我慢できずに奥の扉へと近づいていく。

忍び足で歩いていったのは、冒険者として迷宮を探索していた習性が無意識のうちに染みついていたからで、決して他意があったわけではない。

扉に耳を当てて精神を集中させると、辛うじて声が聞き取れる。

「……ですから、彼は断った方がいいと……」

扉越しでくぐもってはいるが、あの甲高い声はシローネに間違いない。会話の内容は断片的だが、『彼』というのが自分を指していることくらいディオンでもわかる。

「……メイアは人がよすぎるんですわ。おかげでどれだけ迷惑したことか……」

「まあまあ」

なだめているのはサンディだろう。メイアの声は拾えないが、シローネの意見に反論しているのが気配でわかる。

自分のことで、なにやら深刻な話し合いをしているらしい。息を殺しつつ、扉にいっそう体を密着させた。

その瞬間。

「誰っ!?」

サンディの声がしたかと思うと、扉が内側に開けられる。バランスを崩したディオンは、そのまま奥の部屋へと転がり込んだ。

「あいたたた……」

腰を押さえながら顔を上げると、シローネが腰に手を当てて仁王立ちしていた。

「盗み聞きとは、よい趣味ですわね」

「違うんだ。あんまり遅いから気になっただけなんだよ」

シローネにゴミを見るような目で見られて、しどろもどろで言い訳をする。

「まあどうでもいいですわ。どうせ出ていってもらうのですから」

シローネが、メガネのブリッジを人差し指で押さえて言い放つ。

「さあ、早く出てお行きなさい！　うんしょ！」

シローネがディオンを押すが、鍛え抜かれた体はその程度ではびくともしない。

「待ってくれ。いったいどういうことなんだ？」

急に態度が変わったことが解《げ》せない。シローネの頭を押さえて適当にあしらいながら、メイアに尋ねる。

口を開きかけるメイアより早く、サンディが答えた。

「君の採用をやめろってシローネが主張してね。それで揉めてたってわけ」

「なんだよそれ。俺が何したっていうんだ」

「当然の結論ですわ」

シローネは、ディオンを押し出すのをあきらめたのか、肩で息をしながら睨んできた。

「疫病神ディオン。わたくしが知らないとでも思っていましたの？」

「それって、ダンジョンを壊したことを言ってるのか？　確かに壊したのは本当だし、みんなに迷惑をかけた分は、何年かかるかわからないけど責任をもって弁償するよ」

「だったら、ウチにも迷惑料を払っていただきたいものですわ。今すぐに」

シローネがすかさず手のひらを上にして差し出してくる。

「どういうことだ？」

「やっぱり何もわかっていませんのね。……まあ、それはそれとして、そもそも迷宮設計士の資格がない人ができる仕事なんてここにはありません。お引き取りください」

EXIT

「シローネ！」

それまで黙っていたメイアが止めた。

舌鋒鋭く責め立てていたシローネも、さすがに口を閉ざす。

「見習いなので資格はなくていいし、資格も……本人が望むなら取ってもらいます。誰だって最初は新人だし、要はやる気があるかないかじゃないかと」

メイアは、拳《こぶし》を握りしめながらディオンを見つめてきた。

「そうさ。やる気なら誰にも負けないとも！」

それを見て、シローネはあきれ顔でため息をつく。

「メイア、またひとりで突っ走っちゃって。サンディ、なんとか言ってあげてくださいな」

「もう決めたの？」

サンディの問いかけに、メイアはうなずく。

「なら、あたしは構わない。仕事は大勢の方が楽しいし」

サンディはメイアの肩を叩く。それからディオンにひらひらと手を振って、髪をなびかせながら隣の事務室へと戻っていった。

「あ、ちょっとサンディ！　もう、自分だけ物のわかった大人みたいな態度を取るなんてずるいですわよ！」

地団駄を踏むシローネに、メイアが向き直る。

「聞いてシローネ。ディオンは、わたしにとって命の恩人でもあるんです」

「だから、恩を返すのは当然とでも？」

「それだけじゃない。わたしがディオンに一緒に働こうって言ったの。迷宮設計士は一度交わした約束は必ず守らなきゃいけない。そう父さんはいつも言ってた」

「それとこれとは話が違いますわ。何より彼は、自分がしでかしたことの重大さを本当に理解していません。わたくしはそれが許せないんです」

「たしかにディオンのことを悪く言う人もいます。だけどわたしはディオンの行動が正しかったと思うし、誰にも命じられてもいないのに自分から償いをしたいというディオンの気持ちにも感動したの。だから、今度はわたしが助ける番だと思って。だからシローネ。お願い」

「むぅ」

シローネは頬を膨らませながら席を立つ。その際、わざとらしくディオンの足を踏みつけた。

「あら、ごめん遊ばせ」

謝罪の意思が全く感じられない棒読みでシローネは呟くと、小走りに部屋を出て行く。

それを見てメイアが頷く。

「よかった。納得してくれたみたい」

「どこがだよ……」

どうやらメイアは他者の行動を好意的に解釈する性格らしい。シローネが部屋を出て行ったのを、承諾の証と受け取ったようだ。

「これでディオンもダンジョン屋の仲間ですね」

「でも、本当にいいのか？　なんかあんまり歓迎されてないような」

ディオンはためらいがちに尋ねる。さっきまではあれほど必死だったのに、自分のせいでシローネたちとの仲がぎくしゃくしたのかと思ったら、なんだか悪い気がしてきたのだ。

「なんの問題もないですよ」

メイアは咳払いをして表情を改める。

「それでは、ディオンは今日から迷宮設計士見習いという立場でよろしくお願いします」

「こちらこそ」

握手をしようと手を差し出したところに、隣の部屋からシローネが乱入してくる。

ディオンの目の前に、箒とちりとりが突き出された。

「えっと、これは？」

とまどっていると、シローネは薄い胸を精一杯反らしながら、メガネをキラーンと光らせた。

「掃除に決まっていますわ。事務所をぴかぴかにしてもらいますから」

「もう夜も遅いんだけど、こんな時間に掃除しろってか？」

「今日から働くって言いましたよね。ウチは無駄飯を食べさせておく余裕はありませんの。給料分はきっちり仕事をしてもらいますわ」

「いってえ！」

シローネに背中を思い切り叩かれて、ディオンはのけぞる。

「あの、わたしも手伝いましょうか？」

「掃除は見習いの仕事ですわ。メイアは自分の仕事に専念してくださいませ」

メイアはシローネに追い出される。

「手を抜いたら許しませんわよ。あなたのお給料なんて、経理のわたくしのさじ加減ひとつですから」

「横暴だ！」

「うるさい。さっさとやる！」

シローネに一喝される。

こうして、ディオンのダンジョン屋での一日目は、徹夜の掃除で更けていったのだった。


翌日。ディオン最初の仕事は、ケルベロスの餌やりだった。

「ほら、メシだぞ。ケル」

モンスター用ペットフード『カリカリ君』をやろうとすると、餌ではなく手首を噛まれた。

「うぎゃ――――っ！」

右手を押さえて絶叫する。

「……あれ？　痛くない」

「何やってんの？」

悲鳴を聞きつけたサンディが、あきれ顔でやってくる。

「こいつに噛まれたんだけど！」

腕を押さえて抗議する。ケルベロスの鋭牙に手首を食いちぎられたかと思って冷や汗が出た。

「甘噛みよ。あ・ま・が・み。ウチの子は賢いから、餌とそうでないモノの区別はつくの」

サンディが、ケルベロスの前にしゃがみこむ。

「そもそも、君が名前を間違えたのが悪いんじゃない？　賢そうなのがケル。スマートなのがベル、目がくりくりしてるのがロス。ウチの子たちはナイーブだから、名前を間違えると拗《す》ねちゃうの。ねー、そうだよねー」

サンディが頭を撫でながら手際よく餌をやると、ケルベロスは嬉しそうに飛びついた。三つの首で『カリカリ君』を貪る姿を見て、ディオンは頭を抱える。

「どれもおんなじ顔に見えるんだが」

「愛情不足ね」

「モンスターに愛情なんて必要なのか？」

ディオンにとってモンスターとは、ダンジョンに巣くう退治するべき敵だった。

「なんですって？」

サンディの声が低くなったと思ったら、鞭がしなってディオンの足元に叩きつけられる。

「ひえっ！」

のけぞるディオンを睨《にら》み、サンディは助けを求めるように事務所の奥に声をかける。

「ちょっとシローネ、彼になんとか言ってやってちょうだい」

「わたくしは忙しいのですわ。新人の面倒はサンディ、あなたが見る取り決めでしてよ」

朝から書類と格闘しているシローネは、声をかけられても振り向きもしない。目にもとまらぬ速さでそろばんを弾き続けている。

サンディは、引き戻した鞭の先端を舌で舐めてからディオンに諭す。

「モンスターには愛情と敬意をもって接すること。いいわね？」

「はいっ！」

ディオンは命がけで返事をした。あの鞭はモンスターの調教用だ。当たったら本気でやばい。

「わかればいいのよ。素直な男の子って、ス・キ」

サンディはすぐに機嫌を直してくれたが、彼女の前で絶対にモンスターの悪口は言うまいとディオンは固く心に誓った。

「そういえばメイアの姿が見えないな。まだ寝てるのか？」

気を取り直してディオンは柱時計を確認する。まだ朝のうちとはいえ、普段ならとっくに起きているはずだ。

「そんなわけないでしょう？　メイアはとっくに営業に出かけているわ」

「営業って？」

「君って、ほんっとになんにも知らないのね」

「……すまん」

サンディの指摘は的を得ていた。勢いでダンジョン屋に転がり込んだはいいものの、指示をされなければ何をしたらいいのかわからない。これからの生活に、早くも不安を感じつつあるのは事実だった。

「いいわ。一から説明してあげるから、そこに座って」

応接間のソファに座らされ、テーブルを挟んでサンディも腰を下ろす。

「もうすぐ秋だっていうのに、今日は朝から蒸すわね」

サンディは服の襟元に手をやると、ボタンを外して胸元を大きく露出させる。

それから手のひらで谷間に風を送り込んだ。

ディオンの視線が釘付けになる。サンディの乳はミルクのように白く、海溝のように深い。見ているると吸い込まれていきそうだ。

む、無防備な……

「夏って嫌い。すぐ汗かいちゃうし、座ってるとお尻が蒸れるし。ねぇ、そう思わない？」

「そ、そうかもな」

上の空で返事をする。こっちは今それどころではない。もう少し視線の角度を調整できないものか。そうすれば……

「顔が赤いけど、やっぱりこの部屋暑い？　窓開けてもいいけど」

サンディに声をかけられて、我に返った。

無意識のうちに中腰になっていたのに気づいて、慌ててソファに深く腰掛け直す。

「で、なんの話だっけ？」

視線を天井へとそらしながら、わざとらしく咳払いする。

「君は、迷宮設計士についてどれだけ知ってるの？」

真顔で問われたので、真面目に答える。

「ほとんど何も。メイアに言われるまで聞いたこともなかった」

「冒険者免許は持っていたんでしょ？　教習学校で習わなかったかな？」

「学科はずっと寝てたしな」

「よくそれで筆記試験合格できたわね」

サンディは、むしろ感心したように琥珀色の瞳を輝かせる。

それから、ゆっくりとディオンを指差した。白い指先がディオンの鼻の頭に触れる。

「君みたいな冒険者はダンジョンに入ってモンスターを倒し、トラップを解除して宝物を手に入れる。それが仕事よね」

「ああ」

「ではここで問題。そのダンジョンは、いったい誰が作ってるのでしょう？」

思いもかけない質問だった。

「自然にできたもの……じゃないのか？」

「そういうのもあるけど、地下へ降りていく階段や、洞窟の壁面を飾っている彫刻が自然の造形だっていうの？　ぶー、残念。ハ・ズ・レ」

「じゃあ、なんかすごい魔法使いが、なんかすごい魔力を使って作った……とか？」

「誤解されがちなんだけど、この世界の魔法は万能じゃない。それに、ちっちゃな初心者向けダンジョンも、わざわざ魔法使いが作ったっていうの？　魔法は己の魂を削って発動させるもの。そんな奇特な魔法使いなんていやしないわ」

この国はダンジョン産業が発達しているため、各地に無数の迷宮が存在している。最大規模のものはディオンが壊した、王国が直接管理しているこの街の超巨大ダンジョンだが、世界には冒険者のレベルに合わせて二千近くのダンジョンがあると言われていた。

「そうしたダンジョンを作っているのが、ダンジョン屋のような迷宮設計士ってわけ」

「なるほど。そうだったのか！」

言われてみれば納得する。同じダンジョンに再び潜る時、前回倒したモンスターの死体がいつの間にか片付けられてたり、蹴破ったはずの扉が修復されていたり、どうしてだろうと前から不思議に思っていたのだ。

「ダンジョンの設計、建設、補修工事、ダンジョンに関係ある作業はなんでもするわ」

「全然知らなかった」

「君だけじゃないわ。基本、冒険者ってそういうことには興味のない人種だしね」

「もしかして、俺が壊したあの王立ダンジョンもそうなのか？」

「一部はダンジョン屋が設計したの。先代、つまりメイアのお父さんがね。あそこの補修はウチが請け負っていて、メイアは定期点検に行った時にあの騒ぎに巻き込まれたってわけ」

「そうだったのか。ダンジョン最深部にどうやって入ってきたのか、ずっと疑問だったんだ」

「迷宮設計士しか知らない、メンテナンス用の秘密の通路があるの」

「そんなのがあったのか！」

冒険者のディオンにとっては初耳だった。

メイアはどう見ても冒険者らしくなかったので、妙だとは思っていた。冒険者免許を持たない人間の立ち入りは厳重に禁止されているはずだからだ。

「おかげで、ウチがどれだけ迷惑したかわかってますの？」

シローネが振り返る。仕事の手を休めて、ディオンに冷ややかな目を向けていた。

「メイアのお人好しにもほどがありますわ。貴方は、自分が何をしたかわかってないのですわね。この疫病神」

「シローネ。その話はもう終わったはずでしょう？」

「ふん！」

サンディに止められても、シローネはまだ何か言い足りなそうだった。ディオンも、どうしてそこまでシローネが敵意を向けてくるのか気になる。

詳しい事情を聞こうとした時、餌を食べて満足そうにしていたケルベロスが急に耳を立てて首をもたげた。三頭揃って、玄関の扉に向かってうなり声を立てる。

「どうしたんだ？」

「しっ！」

ディオンを制止して、サンディが扉へと走る。獲物を狙う狼のような俊敏さで、しかも足音を一切立てない。

「メイアが帰ってきたんじゃないのか？」

サンディはディオンを無視して、息を殺して扉の陰に身を隠す。その手には、いつの間にかモンスター調教用の鞭が握られていた。

まさか泥棒？　こんな真っ昼間に？　と、疑念を抱きつつ、ディオンも剣の鞘に手をやった。

息詰まる沈黙の中、扉が無造作に開かれる。

「やあ、お邪魔するよ」

現れたのはハンサムな青年だった。時間と金をたっぷり掛けたカールのかかった銀髪にコバルトブルーの瞳。歳は二十代前半だろう。

爽やかに微笑んでいるが、笑顔はどこか作り物のような印象を与える。以前、酒場で有り金を巻き上げられた詐欺師と同じ笑い方なので、ディオンは一目で馬が合わないと悟った。

青年は豪奢な服に身を包み、金モールつきのマントを羽織っている。柑橘系のきつすぎる香水の匂いが漂ってきて、ディオンは鼻がむずむずしてくしゃみをした。

「なんだ。エルゼンか」

サンディが、扉の陰から姿を現す。鞭はすでに腰のベルトに戻していたが、男への警戒は解いていない。

「なんだとは残念だなぁ、サンディ君」

エルゼンと呼ばれた男は、サンディに向かってウインクをする。眉をひそめられたことに気づいてないのか、なれなれしい態度でサンディの顔の横に手をついた。

「今日も一段と美しい。キミの野性味溢れる魅力は、ボクを夢中にさせずにはいられないよ」

甘いボイスに反応して、ケルベロスが猛然と吠え始める。

ディオンはケルベロスに共感した。コイツとは馬が合わないどころじゃない。見ているだけで腹が立ってくるレベルだ。

「何しにきたんですの？」

シローネの口調も、ディオンに対するそれよりも十倍は冷たい。ふたりとも、エルゼンとは顔見知りの間柄のようだ。

エルゼンは、シローネに向かって手を振った。

「やあシローネちゃん。おはよう」

「ちゃん付けは止めてって、いつも言っていますでしょう！　いつまでも子供扱いしないでいただけますこと？」

「おみやげにアメ玉を買ってきてあげたよ。さあ、遠慮なく受け取りたまえ」

「結構ですわ」

差し出されたアメの袋を受け取ることなく、シローネは腰に手をやって胸を反らせる。

「それで、ご用件はなんですの？」

「商談だよ。決まってるだろう？」

ディオンは、反射的にメイアの席に視線を走らせた。

「あいにく社長は外出中ですので、申し訳ありませんが日を改めておいでください」

「心配には及ばない。ちょうどそこでばったり会ってね」

ずかずかと入り込むエルゼン。そのうしろにメイアが立っていた。

複雑な表情でメイアが事情を説明する。

「お店に帰ろうと商店街を歩いてところを呼び止められたの」

「ボクとメイア君とは、やっぱり運命の糸で結ばれているんだなぁ」

「後をつけていただけとか？」

サンディの辛辣な意見にも、エルゼンは悪びれる様子もなく白い歯を見せる。そしてディオンを指差した。

「そこの使用人君。ハーブティーを頼む」

「俺っ!?」

使用人呼ばわりされたのは初めてだ。

「暑くて喉がカラカラだよ。ボクとメイア君のふたり分。大至急ね」

エルゼンはメイアの肩を抱くようにして、さっさと応接室へと入っていく。

メイアはディオンの方を振り返りながら、何か訴えかけるような目をしていたが、結局何も言わなかった。

シローネは、その背中に向かって舌打ちをする。

「ちっ。塩を撒いてやりたいですわ」

「あいつ、誰なんだ？」

ディオンが尋ねると、サンディが顔を寄せてきた。ディオンの耳に手をかざして囁く。

「ティンクル・ラビリンスの御曹司」

「ティンクル・ラビリンス？」

「ウチのライバルで、一応この業界では一、二を争う大会社の二代目社長。そして、メイアにつきまとういけ好かない男」

「そんなやつが、何しに来たんだ？」

「最近ちょくちょく顔を見せるのよ」

「メイア、元気がないというか、なんか表情が暗いぞ。ひょっとして、あいつが関係してるのか？」

「込み入った事情があるのよ。あいつとメイアは」

気になったディオンは、首を伸ばして応接室をかいま見る。

しかし、ついたての向こう側で何が話されているのかわからない。もどかしく思っていると、シローネに背中をつつかれた。

「あなた、偵察にいきなさい」

「俺？」

「お茶を出しにいくふりをして、ふたりの会話に耳を澄ますのですわ。急いで！」

シローネにせかされるまま給湯室に向かう。

適当にブレンドしたお茶のカップを盆に載せ、応接室に顔を出す。ティーカップを置いてから、立ち去るふりをしてさりげなくエルゼンの死角に移動。モンスター相手に気配を殺す技を磨いたのが、そんなところで生かされた。

心を無にして耳をそばだてる。

「そろそろ決心してくれてもいいんじゃないかな？」

エルゼンは背後に立つディオンに気づいていない。そもそも眼中にないのかもしれないが、いずれにしてもありがたい。

一方、メイアはうつむいており、やはりディオンが視界に入ってないようだ。

「悪い話じゃないだろう？　ボクたちが手を取り合えば、みんなハッピーになれるんだ」

エルゼンは熱弁をふるいながら身を乗り出し、さりげなくメイアの手を握りしめる。

（なんだあいつはっ⁉）

メイアが迷惑そうにしているのに、エルゼンは意にも介していない。図々しくメイアの手を撫でるのを見て、後頭部を殴りつけてやろうかと思ったが、手近なところに花瓶がなかったのがエルゼンにとっては幸運だった。

ぐぬぬぬ。

ディオンは歯ぎしりをしながら、なんとか踏みとどまる。

「ダンジョン屋の技術力と我が社の資産。これが合体すれば業界トップの座は揺るぎないものとなる。もちろんキミは共同経営者として会社に残ってもらうから安心してくれ。なんなら公私ともにパートナーになってくれても大歓迎だよ」

パートナーだって？　それってつまりメイアと結婚するってことか？　突然の情報に、ディオンは、ぐらりとよろめいた。

まさかそんな。こんなキザったらしいやつがメイアと結婚なんてありえない。てか嘘だろ。でもさっきあいつは運命の糸がどうとかって言っていた。じゃあやっぱりそうなのか？　いやいや、そもそも、メイアはいったいこいつのことをどう思っているんだ？

ディオンは頭がぐるぐるなりながら、なんとか心を落ち着けてメイアの様子をうかがった。

「せっかくのお話ですが、もう少し考えさせてくれませんか？　シローネたちとも話し合わないといけないですから」

そうだ。あんなどう見てもうさんくさい男にだまされちゃちゃいけない。がんばれメイア。

心の中で声援を送る。

「彼女たちなら、これまで通りの賃金で働いてもらうから心配いらないさ。多少の部署の異動はあるかもしれないけど、結果的にはキャリアアップにつながるはずだよ」

「それって、みんなと働けないってことですか？」

「我が社は従業員が大勢いるし、部署も多岐にわたっているからね。適材適所の原則に従うならそれもしかたのないことじゃないのかな。ダンジョン屋のようなアットホームを売りにするだけの会社とは経営方針が違うのさ……おっと、失敬」

「とにかく、今日はお引き取りください」

メイアの声がこわばった。頬が紅潮しているのは、暑さのせいではないだろう。

「次に来る時までに結論を出しておいてくれ。色よい返事を期待しているよ」

態度を硬化させたメイアに対して、エルゼンは気にした風でもなく優雅に微笑みかける。

よほど鈍いか、面の皮が厚いのだろう。

そして、それまで手を触れていなかったティーカップに口をつける。

お茶を一口飲んだ瞬間、

「ぶっ！」

エルゼンは、顔色を変えて噴き出した。

「ごほっごぼっ、なんだこれはっ!?」

喉を押さえて咳き込むエルゼンを見て、ディオンはざまあみろと言ってやりたくなった。

台所にあった茶葉に適当な香辛料を振りかけ、お湯で混ぜただけの飲み物の味は想像以上だったらしい。メイアが口をつけなくてよかった。

「まずい。まずすぎる！　ボクの舌への重大な冒瀆《ぼうとく》だ！」

のたうちまわっているうちに、さすがにディオンに気づいたらしい。こめかみに血管を浮かび上がらせてエルゼンは叫ぶ。

「キミィ！　こんな毒物に等しいものを飲ませるなんて、ボクに何か恨みでもあるのか？」

「お茶を持ってこいって言ったのはあんただろ」

どうせなら、もっといろいろとお茶に混ぜておくんだった。

「それにメイアと結婚したいだなんて、よくも言えたもんだな。これで少しは目が覚めただろ」

「はぁ？　いきなり何を言い出すんだキミは？」

「ディオン、いったいなんのこと？」

エルゼンとメイアが同時に叫ぶ。

「エルゼンさんとわたしは仕事の話をしていただけです。結婚なんて、いったいどこから出てきたんですか！」

「なんだ。そうなのか」

どうやら早とちりだったようだ。ふたりの会話で理解できた部分が『パートナー』という単語だったのだから勘違いしたのかもしれない。

ほっとしたのもつかの間、エルゼンはさらりと言ってのける。

「誤解ではないさ。ボクとメイア君は、昔からの固い絆で結ばれているんだからね」

「なんだって」

ディオンの心にさっと冷たい風が通り抜けた。

「それはどういうことだ！」

「キミに答える義務はない。とにかく、キミのような無礼な使用人は初めてだ。メイア君、悪いことは言わない。ダンジョン屋の評判が落ちる前に彼を解雇したまえ」

するとメイアは、ディオンをかばうように両手を広げて立ちはだかった。

「使用人なんかじゃありません。ディオンはダンジョン屋の社員です」

「なんだって!?」

エルゼンは、口をぽかんと開けて硬直する。

「彼が社員？　何もできなそうな、せいぜい荷物運びくらいしか能のなさそうな彼が？」

エルゼンの悪口は、いっそ清々《すがすが》しいほどだった。ディオンとしても、遠慮することなく悪人認定できる。傍若無人《ぼうじゃくぶじん》なふるまい。自分に対する暴言。どれも腹立たしいが、もっとも許せないのはメイアへの仕打ちだ。勝手に手を握ったり嫌味を言ったり、いったい何様のつもりだ。

しかし、ディオンが文句を言うより早く、抗議をしたのはメイアだった。

「いくらエルゼンさんでもそんな言い方はないと思います。ディオンに謝ってください！」

ディオンは胸がドキッとした。メイアが自分のために怒ってくれている。それってもしかして俺のことを……

「ダンジョン屋の社員は、わたしにとってひとりひとりが家族みたいなものです。だから、ディオンのことを悪く言わないでください」

（家族。そっか。そういう意味で怒ってるのか）

けれども、大手ライバル会社の社長相手に自分をかばってくれるメイアはやっぱりいいやつだ。人としての器が、自分ともエルゼンなんかとも比べものにならない。

気を取り直したディオンは、ますますメイアに好意を抱いた。

そんなメイアとエルゼンが対峙する間、シローネとサンディは互いの手を取り合い、固唾《かたず》を呑んでじっと成り行きを見守っていた。

ふとエルゼンは、メイアの肩越しにディオンを見つめてきた。しばらく目を細めて考え込んでいたが、ふと何かに思い当たったようにうなずく。

「ははーん。どこかで見たことがある顔だと思っていたが、キミはあのディオン君だな。噂はボクの耳にも入っているよ」

あの、を強調するところに悪意を感じる。

「冒険者をクビになったと思ったら、今度はダンジョン屋に潜り込んだってわけかい？　悪いけど、この業界はキミがやっていけるほど甘くはないよ」

「そんなのわからねえだろ」

最初は単なるいけ好かない男だったが、今となっては出会った中で最悪の人間にランキングされている。

「はっきり言うが、俺はお前とは合わない気がする」

「奇遇だね。ボクもキミと同意見だよ」

ふたりの間で火花が散る。

「……まあいい。それではメイア君、いずれまた」

薄笑いを貼り付かせたエルゼンが去った後も、口を利く者はいなかった。

第二章　見習い設計士奮闘す

「いやぁ。こっちに来るのも久しぶりだなぁ」

空が高くなったある日の午後。

ディオンはメイアに連れられて、街の中心部を歩いていた。

いつまでも店の掃除とケルベロスの餌やりばかりでは肩身が狭い。何か仕事をさせてくれとメイアに言ったところ、「それなら一緒に来てくれますか？」と誘われたので飛びついたのだ。

「今日は営業に行きます。ディオンは、わたしのうしろで見ていてください」

やがてメイアが立ち止まったのは、居酒屋ぽっぽ亭の前だった。

「よりによってここかよ!?」

ポルコにクビにされた記憶が蘇る。

「さ、行きましょう。あ、でもその前に」

メイアはひとつ大きく息を吸うと、目をつぶり、両手をぎゅっと握りしめ、いきなり街中で大声を上げた。

「気合い入れていくぞー！　ダンジョン屋、ファイトォ！」

「メ、メイア？」

道を歩いていた人たちがぎょっとしたように立ち止まる。

「おい、みんなこっちを見てるぞ」

ディオンは慌ててメイアの袖を引きながら耳元で囁く。

しかし、メイアはディオンの声が耳に入らないのか、自分に気合いを入れ続けてる。

「ひとつ、ダンジョン屋は誠心誠意仕事をすべし！　ひとつ、ダンジョン屋は街の皆さんのお役に立つべし！　ひとつ……」

メイアが社訓をいちいち叫ぶごとに、ふたりを取り巻く人垣が増えていく。こんな注目のされ方に慣れていないディオンは恥ずかしくってたまらなかった。思わず自分は無関係なただの通行人ですとまわりにアピールしたくなる。

やがてメイアは満足したのか、額に浮かんだ汗を拭いながら目を開けた。すると人々は拍手をし、「頑張れよ」と口々に声をかけながら散っていく。みんなメイアに好意的で、町中で叫びだしたことにさほど驚いてはいないようだ。

どうやら街の人にとっては見慣れた光景らしいが、ディオンにとっては胃の負担になる時間だった。メイアは時々思いもかけない行動をする。本人にとってはそれが素なのがすごい。

「お待たせしました。さあ行きましょう」

メイアは息を弾ませながら、何事もなかったかのようにけろっとディオンに話しかける。

「今のは、いったいなんだったんだ？」

「わたし、あがり症なうえに口下手だから、商談の時うまく喋れないと困るので、その前に発声練習を兼ねて気合いを入れてるんですよ。これをするとうまくいく気がするんです。おまじないみたいなものですね」

「あがり症の気配なんてこれまでなかったぞ」

「そんなことないですよ。わたし、こう見えて超緊張しぃなんですから。そうだ。今度はディオンも一緒にどうですか？　大声を出すとスッキリするし、細かいことなんてどうでもよくなりますよ」

「どうでもよくなっちゃまずいだろ。とにかく俺は遠慮しておく」

きっぱりと断る。いくらメイアの頼みでも、それだけは嫌だ。ただでさえ迷宮を壊した男として不本意ながら有名になってしまったのに、それ以上注目は浴びたくない。

「そうですか……」

メイアは残念そうな顔をしたが、すぐに気を取り直すとディオンの手を引き、『閉店』の札の掛かった店へと入っていった。

「こんにちは」

「やあ。嬢ちゃんか」

テーブルクロスを掛けていた居酒屋ぽっぽ亭の主人・ポルコが顔を上げる。時間が早いため他には誰もおらず、夜は喧噪《けんそう》が途切れることのない店内も今はがらんと静まりかえっていた。

「ポルコさん、先日は求人広告を貼らせていただき、ありがとうございました」

メイアは丁寧にお辞儀をする。

「なーに。お安いご用だよ」

ポルコは笑顔で応じる。ディオンに対する時とは別人のように愛想がいい。

「それで、いい新人は入ったのかい？」

「はい。先日入社したばかりのディオンです」

うしろにいたディオンを紹介すると、ポルコの笑顔がひきつる。

「おいおい。ダンジョン屋はまだ無事かい？　言ってくれれば、もっと役に立つ人間をいくらでも紹介してやるのに。嬢ちゃんの親父さんには世話になったからな」

「ありがとうございます。でも、ディオンなら大丈夫ですから」

「そこまで言うなら、ワシが口を挟むことじゃないがね。で、今日はどうしたんだい？」

「ダンジョン建設のご提案です」

「やっぱりか。店の外で嬢ちゃんの元気な声が聞こえたんで、商談じゃないかと思ってたよ」

ポルコに指摘されると、メイアはたちまち真っ赤になった。まさか聞かれているとは思わなかったのだろう。急に恥ずかしくなったのか、おどおどと視線をさまよわせる。

「メイア、落ち着けって」

見かねて、ディオンは背中を軽く叩いてやる。

「あああ、ありがとうございます。あの、ここよろしいですか？」

大きく深呼吸をしたメイアは、テーブルに持参した巻物を広げる。それには細かい見取り図が描かれていた。

「お店に来たお客さんの娯楽用として、誰でも簡単に楽しめるダンジョンはいかがですか？」

メイアは、ポルコに営業トークを始める。

「このお店の裏手に大きな庭がありますよね。そこにテントを張るんです。中に仕切りを作って、そこに宝物やトラップを用意する。見つけた宝物は賞品として持ち帰れるようにして、入場料は一人五百ギルダー……」

「ちょっと待ってくれ。ウチに来るのはそこらの常連がほとんどだ。誰も冒険者免許なんて持ってないし、ダンジョンに潜ったこともない素人連中だよ」

「王国に認可されたダンジョンに入るには冒険者免許が必要ですが、これは個人の私有施設なので免許は不要です。それにダンジョンといっても危険はまったくありません。普通の人がちょっぴり探検気分を味わえる、一種のアトラクションとお考えください」

初めのうちこそぎこちない説明だったが、おまじないの効果が出てきたのか、メイアの話は次第に流暢《りゅうちょう》になってきた。スイッチが入ったメイアの話を聞くうちに、最初は乗り気でなさそうだったポルコの態度も変わっていく。身を乗り出して図面に目を通しながら質問をする。

「面白そうだが、費用はどれくらいかかるんだい？　ウチもなかなか余裕がなくてね」

「こちらが見積書です。通常のダンジョンだとそれなりの初期投資が必要になりますが、今回ご提案するのは外枠がサーカスのテントタイプのダンジョンです。これにより資材コストがかなり抑えられます。計画の試算は、ぽっぽ亭を訪れる一日あたりのお客さんの数を元に算出しました」

メイアは事前に用意していた書類を見せつつ、具体的かつ明確な返答をする。施設の保守管理コストの計算や、収益予想グラフ、ダンジョンを設置した場合の宣伝効果についてなど、てきぱきと話を進めていった。

数字の苦手なディオンは、正直半分も理解できなかったが、しばらくすると話は前向きな方向でまとまっていた。

「それじゃ、試しに頼んでみるかな」

「ありがとうございます！　誠心誠意取り組ませていただきます」

メイアが深々と礼をする。ディオンも慌ててそれに倣った。

「そうだ。おまえに渡すものがある」

ポルコはいったん席を外すと、革袋を持って戻ってくる。

「就職祝いだ。持っていきな」

ディオンの手のひらで、革袋はずっしりと沈み込む。

「こんなにもらっていいのか？」

「ガキの頃はダンジョン屋の先代に世話になってな。そこで働くってんなら応援しないわけにもいかん。しっかりやれよ。嬢ちゃんに迷惑かけるんじゃないぞ」

ポルコに乱暴に背中を叩かれたが、ディオンにとってそれは何よりの激励だった。

「はいっ！」

こうして、ディオンの初仕事は始まった。

『居酒屋ぽっぽ亭の迷宮テント建設』。それがダンジョン屋の請け負った仕事内容だ。

具体的にはテントを張るための木材の調達から始まって、室内を飾る調度品の用意、トラップ（安全性を保つため、客が怪我をしないように十分な配慮がなされねばならない）の設置、さらには客を呼ぶためのチラシの作成まで、ありとあらゆる仕事が湧いてくる。

それらを全てダンジョン屋が仕切らなければならない。当然、見習いのディオンにも容赦なく仕事が割り当てられる。

「銀細工師に頼む宝飾品の作業工数の見積がまだなんだけど、どうなってますの？」

「今やってる」

シローネにせっつかれて、ディオンは必死に書類を作成していた。ソロバンは苦手だし、慣れない計算に頭が爆発しそうになる。

「あー、また間違えた！」

書き損じた紙を丸めてゴミ箱に捨て、頭を抱えて机に突っ伏す。

「疲れた……目が痛い。頭も痛い」

普段使うことのない脳の一部を酷使しているせいか、体の節々まで痛くなってきた。

「口を動かす暇があったら手を動かしなさい！」

「もう丸三日ろくに眠ってないんだぞ」

「そんなの自慢にもなりませんし、アンタだけではないですわ」

尖った声で言い返すシローネの目にも隈《くま》ができていた。ディオンの仕事が遅いせいで自分の

事務作業も滞り、不機嫌の塊といった感じになっている。

ディオンに対する言葉遣いも、気がつくと「あなた」から「アンタ」に変わっていた。

「疲れてるのなら、マッサージしてあげよっか？」

サンディが声をかけてくる。

お、頼むよ。と言いかけてディオンは言葉を飲み込んだ。サンディの手に、なぜか鞭が握られていたからだ。

「さあ背中を向けて。気持ちよくしてあげるから」

微笑むサンディだが、目は笑っていないようにディオンには思えた。

「あ、いや、今日のところは遠慮しておく。いや、遠慮させてください」

「そう。残念」

サンディは、ピシッと鞭で床を派手に鳴らしてから自分の仕事に戻っていった。

間違いなく命拾いした気がする。サンディにだけはマッサージを頼むまいと心に決めた。

「それにしても、ダンジョン作りって、こんなに大変だったのか」

「今さら何を言ってるのやら」

ディオンにとってダンジョンとは、モンスターを倒し、お宝を手に入れるための場所でしかなかった。自分の知らないところで、こんなにも苦労している人たちがいたなんて驚きだ。

この次ダンジョンに潜る時は、メイアたちのような人々に感謝しながら手を合わせて入ろう。

とはいうものの、免許は失ったままなのだが。

「すみません。誰か一緒に来てくれませんか？　現場でトラブルがあったみたいなんです」

ぽっぽ亭の使いの者と話をしていたメイアが声をかけてくる。

「俺が行くよ」

すぐさまディオンは手を上げる。席を立った拍子に、書類がはらはらと床に舞い落ちた。

「ちょっと！　まだ書類の作成が終わってないですわよ」

シローネに背中をつねられる。

「いててて……気分転換も必要だろ。戻ってきたらやるからさ」

シローネを振り払い、ディオンはさっさと事務所を出ることにする。

「じゃ、留守番頼んだぜ」

「んもう！　仕事を途中で投げ出すなんてサイテーですわ。だからわたくしはアイツを雇うのに反対だったのです。帰ってきたらただじゃおかないですわ！　いーだ！」

子供っぽく舌を出すシローネの意見に同意するように、ケルベロスがワンと鳴いた。


メイアに連れていかれた現場は大混乱になっていた。

人だかりの中、ぽっぽ亭の前でポルコが頭を抱え込んでいる。

「どうしたんですか？」

ディオンたちが駆けつけると、ポルコは顔を真っ赤にして食ってかかる。

「おいおい、どうしてくれるんだ！」

メイアではなく、ディオンに向かって文句を言う。

興奮しすぎて要領を得ない話を整理すると、迷宮テント用の木材を運んできた木こりたちが、ぽっぽ亭の前に山積みにしたまま帰ってしまったらしい。

おかげで通行の妨げにはなるし、店は開けられないしで、大騒ぎになっていたのだ。

「こんなところに置きっ放しにされたら迷惑だ。早くなんとかしてくれ」

「俺が？」

「当たり前だろ。おまえんとこの丸太じゃないか」

「そんなこと言われてても」

ポルコに迫られたディオンは、どうしていいのかわからない。

「困るんだよな。さっさと片付けてくれ」

「せかさないでくれよ。どうすればいいんだ……」

なんとかしなくてはと焦れば焦るほど、何も思いつかなくなる。

すると、代わりにメイアがすぐに手を打った。

「荷車を用意して裏庭の方に移動させます。ディオン、手配をお願いできますか？」

「なんだ。そういうことなら任せてくれ」

解決策を提示されれば自分にもできる。そう思ったディオンは腕まくりをすると、頬を叩いて気合いを入れる。

「おっしゃー！」

軽々と丸太を持ち上げ、両肩に二本まとめて担ぐ。

「荷車なんかより、俺が運んだ方がよっぽど早いよ」

毎日剣の稽古をしていたおかげで、筋力と体力には自信があった。手際よく店の前と裏庭を往復して、あっという間に丸太の山を片付けてしまう。

「これでいいか？」

「あ、ああ」

ポルコはあっけに取られている。

「すごいです！　おかげで助かりました」

火照《ほて》った全身から湯気を出していると、メイアが水筒を渡してくれた。

庭石に腰掛け、水筒の中身を一気に飲み干す。さらにその背中を、メイアがうちわで扇いでくれた。

「くぅー、生き返った。最高だぜ！」

サンディのマッサージよりも、絶対にこっちの方がいいと確信する。

「ディオンは力持ちなんですね。一人であんな重たい丸太を運ぶなんて、びっくりしました」

「これくらい楽勝さ。だてに冒険者はやってないぜ」

ダンジョン屋に来て初めて役に立てた気がする。こんな仕事ならお茶の子さいさいだ。

それにメイアに尊敬のまなざしで見られて悪い気はしない。少しはいいところを見せられただろうか。

「だけど、この程度じゃまだまだだな」

エルゼンに、荷物運びくらいしかできないやつだと言われたことを思いだしたのだ。今のところは実際その通りなので、ものすごく悔しい。

もっとメイアとダンジョン屋の役に立ちたい。そしてエルゼンの高慢ちきな鼻を明かしてやる。そんなことを考えながら、ディオンは水筒を返して立ち上がる。

「用が片付いたんなら帰るか」

一仕事終わっていい気分でダンジョン屋に戻ろうとしたが、メイアは首を横に振る。

「いえ。まだやらなきゃいけないことが残ってます。ディオンだけ先に帰っていてください」

「そうなのか。だったらつきあうよ」

なんの用か見当もつかなかったが、ほんの軽い気持ちでうなずいた。せいぜい寄り道程度の用件だろうと。

しかし、ディオンの考えは浅かった。

メイアはまず、改めてポルコに謝罪した。今後は木こりたちとの連絡を徹底すると約束する。

「もういいって。そんなに頭を下げられたらこっちが困っちまう。そもそも木材の置き場所を間違えたのは木こりたちで、嬢ちゃんのせいじゃないんだからさ」

「工事責任者はわたしです。ご迷惑をおかけして申し訳ありませんでした」

さらに近所の家を一軒一軒まわり、迷惑をかけたことを詫びる。それから郊外の森にある木こりの親方の家に行っていきさつを話し、今後同じミスが起こらないように確認しあった。

そうして再び街に戻ってきた頃には日はとっくに沈んでいて、銀色の月光がふたりの影法師を長く伸ばしていた。

森の中の親方の家を出てから、ふたりはずっと無言で歩き続けていたが、ダンジョン屋の灯りが見えてきたところでメイアが立ち止まる。

「今日はお疲れさまでした。たくさん歩いて大変でしたよね。今夜はもうあがってください」

「いや、俺は全然大丈夫。大変だったのはメイアの方だろ」

ぽっぽ亭の隣の住人に苦情を言われたり、ポルコと口論して機嫌を損ねていた木こりの親父をなだめたり、神経をすり減らすような事案をメイアは愚痴ひとつこぼさずに誠実に対応した。

それだけでなく、相手に何を言われても卑屈になることなく、毅然《きぜん》とした態度を崩さない。

もしディオンひとりだったら、頭に血が上ったあげく、騒ぎに輪を掛けて収拾がつかなくなっていたことだろう。

今日のメイアはかっこよかったし、疲れているはずなのにまずこちらを気遣う思いやりも、自分には真似できないとディオンは思った。

ひょっとしたら彼女は、思っていたよりもずっと芯が強いのかもしれない。

「メイアこそ、もう休んだらどうだ。朝から働きづめだろう？」

「わたしはまだ仕事が残っていますから。『誰かについてきてほしければ、自分で率先して動くんだ』って、父もよく言ってましたし」

「メイアの親父さんって、立派な人なんだな」

「はい。自慢の父でした。だからこそ、父の遺してくれたダンジョン屋を継いでいかなきゃだめなんです。わたしについてきてくれたシローネやサンディのためにも頑張らないと」

自分に言い聞かせるように何度もうなずくメイアを見て、ディオンは頭を掻きむしった。

「ああ、もうっ！」

「ど、どうしたんですか、いきなり？」

「俺は自分が恥ずかしい。丸太を運んだくらいでかっこいいところを見せられたなんてうぬぼれて。メイアの苦労に比べれば、俺なんて何もしてないのと同じじゃないか」

「そんなことないですよ。ディオンのおかげで助かってます」

「俺はメイアのうしろに突っ立ってただけだ。それに俺が転がり込んできて、本当は迷惑してるんじゃないか？」

「え？」

「今日、メイアとずっと一緒にいて思い知ったんだ。ダンジョンを造るってのは大変なことなんだって」

頭の中では理解した気になっていたが、実際に現場を見るまでは本当にはわかっていなかったのだと思い知る。

「テント小屋をひとつ建てるだけでもこんなに苦労するんだ。でかいダンジョンを造るにはいったいどれだけの人間の汗が流されるのか、考えただけでも気が遠くなる。なのに俺は、そのダンジョンを壊しちまった」

手のひらに拳《こぶし》を打ちつける。

黒龍を倒したとか言っていい気になっていたが、ダンジョン建設に携わった者にとってはたまったものではないだろう。努力の結晶が、文字通り一瞬で粉々にされてしまったのだから。

少なくとも、自分が当事者だったら怒る。これまではみんなを助けるために仕方なかったのだと自分に言い聞かせてきたが、もっといい解決策があったのではないだろうか。そう思うといたたまれない。

「シローネが俺に厳しく当たるのも無理はないよな」

「シローネは、口で言うほどディオンを嫌いじゃないですよ」

「え！　そうかな？」

「ですです。人見知りだけど、本当はとっても優しい子ですから」

ディオンはシローネの笑顔を思い浮かべようとしたが、背中を逆立てる子猫のイメージしか浮かんでこない。

「それにしても、シローネもサンディもすごいよな。シローネの計算速度は尋常じゃないし、サンディはモンスターを飼い慣らすんだもんなぁ」

「ダンジョン屋は精鋭揃いなんですよ」

「一番すごいのはメイアだけどな」

対人折衝《せっしょう》能力もスケジュール管理能力も抜きんでている。今日一緒に行動していて、それを思い知らされた。何より驚かされたのは、ミスを直ちに修正する力だ。自分では絶対ああはできない。

「俺は、メイアみたいにはなれないな」

「そんなことないですよ。誰だって最初は新人なんですから」

「新人どころか、ただの見習いだよ。免許だって持ってないし」

首を振ると、メイアが両手でディオンの手を取った。

「あの、もしディオンがその気なら、わたしが迷宮設計士の資格が取れるようにサポートします。一緒に頑張りませんか？」

「迷宮設計士か……」

ディオンは空を見上げる。まぶしすぎる月に目を細める。

長い沈黙がふたりを包んだ。

ずっと冒険者として生きてきた。それ以外の生き方は知らないし、覚えようともしなかった。

今はダンジョン屋で働いて、メイアの役に立ちたいとは思う。

しかし、いつかは冒険者に戻りたいという気持ちも捨てられない。二足のわらじを履けるほど器用ではないことくらい、自分でもよくわかっている。

「あ、いいんです。気にしないでください」

ディオンの迷いを察したのか、メイアはそっと手を離す。手のぬくもりが冷えていくのを感じて、慌ててディオンは言いつのった。

「でも俺、みんなの役に立ちたいんだ。なんでもやるから、がんがん仕事を教えてくれ！」

冒険者に戻りたいという気持ちも本当なら、ダンジョン屋で働きたい気持ちも本当だった。

「わかりました」

メイアは優しくうなずいた。

「シローネたちが心配してます。早く帰りましょう」


ダンジョン屋に戻ると、すかさずケルベロスが飛びかかってきた。

はむはむはむ。

押し倒されたディオンは、お約束のように甘噛みされる。ケルベロスはじゃれているだけなのだろうが、三つの口が開いて鋭い牙が剥き出しになっているのを見て落ち着いていられるほど人間ができてはいない。

「うぎゃ――――っ！」

情けない悲鳴が事務所に響き渡る。

「あら楽しそう。この子たちもすっかり懐いちゃったわね」

「それは光栄だ。けど、とりあえずなんとかしてくれ。腹が重い。潰れる！」

「ケル、ベル、ロス、戻ってらっしゃい」

サンディがケルベロスを引き離すと、今度はシローネが怖い顔をして立ちふさがった。

「こんな時間まで、どこをほっつき歩いてたんですの！」

「ごめんシローネ。遅くなっちゃった」

メイアが謝ると、シローネは背伸びをして彼女の頭を撫でる。

「メイアに言ったのではないのです。お仕事、お疲れさまですわ」

「もうくったくたー」

きりっとしていたメイアも、シローネとサンディの前では年相応の表情を見せる。

「疲れを癒やす、特別マッサージをしてあげよっか？」

鞭を片手に、ここぞとばかりにサンディが声をかける。

「嬉しい。お願いできますか？」

「え？　それは止めた方がいいんじゃないか？」

ディオンは思わず声をかけたが、メイアはサンディに手を引かれて奥の部屋へと行ってしまった。

ほどなくして、扉の向こう側から微かにメイアの声が聞こえてくる。

「ああっ、気持ちいい。全身がとろけそうです」

「ここをこうすればもっとよくなるわよ。ほれほれ」

「はぁー、幸せ〜〜〜。もうどうにかなっちゃいます〜〜〜」

「メイアったら、かわいい。そんな風に言われたら、もっとサービスしたくなっちゃうわ」

いったい何をしてるんだ？

ディオンは、甘美な声に思わず耳をそばだてた。特別マッサージなんて言うから、てっきりサンディの鞭がうなるのかと思ったら、どうもそうではないらしい。

それとも、まさかとは思うがメイアにそっち方面の性癖があるのか。メイアとサンディ、ふたりの間にどんなマッサージが繰り広げられているのか。妄想が広がるままに、ふらふらと奥の扉へと歩み寄ろうとしたディオンは、シローネに耳を引っ張られた。

「何してるのです？」

「いや、俺もちょっとめくるめく向こうの世界に行こうと思って」

「馬鹿なこと言ってないで、アンタには他にやるべきことが残っていますわ！」

シローネは、書類の束をハリセンのようにディオンの頬に叩きつける。

スパーン！

事務所に気持ちがいいくらい派手な音が鳴り響いた。

「何するんだよ！」

「帰ってきたらやるっていう約束でしたわね。きっちり終わるまで寝かせませんわ。わたくしは有言実行の女なのですから！」

白紙の書類が、ディオンの机に積み上げられていた。

結局、ディオンはサンディの特別マッサージは受けられず、その夜、ダンジョン屋の事務室の灯りが消えることはなかった。


まだ昼前だというのに、ぽっぽ亭の前には長蛇《ちょうだ》の列ができていた。

「二列に並んでお待ちください。危険ですから押し合わないでくださいねー」

『最後尾』の看板を持って、メイアが客を誘導している。行列はぽっぽ亭の前を横切り、角の路地を曲がってもまだ続いている。常連客もちらほらいたが、初めて来たらしい親子連れも多かった。

「いやー、まさかこんなに評判になるとは思わなかった。おまえたちのおかげだよ」

ポルコがほくほく顔で、ディオンの手を取る。

「正直、最初は疑ってたんだ。だけど見てくれ。蓋を開けたらご覧の通りの大繁盛。おかげで店も昼前から大賑わいだ」

「迷宮テントに入った客が、そのまま店に流れて飯を注文するって流れは完璧だろ」

さまざまな仕掛けが施された迷宮テントの中には、ぽっぽ亭の割引券が隠されている。それを見つけた客が休息がてら店に入れば必然的に売上げが伸びるのでないかという、ディオンのもくろみはばっちり当たった。

「これからもダンジョン屋をよろしくお願いしますわ」

メイド服姿のシローネが、スカートの裾をつまんでポルコに礼をする。

今日は特別サービスデーと称して、ダンジョン屋の社員総出でぽっぽ亭の手伝いに来ていた。シローネはフリルのついたピンクのワンピースに黄色のリボンタイ。エプロンとヘッドドレスを着け、ウェイトレスの仕事をこなしている。

「シローネちゃーん。フルーツパフェ追加でお願いしまーす」

「かしこまりました。ただいま伺いますわ」

客の注文に、シローネは身を翻《ひるがえ》して店内へと戻っていく。てきぱきと給仕をし、客に頼まれれば毒舌《どくぜつ》のスパイスも添えてくれる。

「七番テーブルのあなた、さっきからパフェばっか食べ過ぎじゃないですの？　店の収入になるからわたくしは構いませんけど、健康には気をつけるんですわよ」

「シローネちゃん、こっちのテーブルにマンティコアステーキ大盛りね」

「ちょっとちょっと、それはあなたの懐《ふところ》具合では背伸びしすぎですわよ。悪いことは言わないからコカトリスの唐揚げ定食にしておきなさい。おまけに青ブドウジュースをつけますから」

そんなツンケンさが逆に話題を呼んだ。

「さあさ、お立ち会いー。次はケルベロスちゃんの出番ですよ」

裏庭では、サンディによるモンスター曲芸ショーが始まっていた。胸元に大きくスリットの入った黒のボンテージスーツに身を包み、鞭を自在に操ってケルベロスに玉乗りをさせている。

サンディの刺激の強すぎる衣装に興奮した常連客が殺到し、奥さんに耳を引っ張られて出ていくオヤジたちが続出したが、子供たちは純粋だ。目を輝かせてモンスターの妙技に拍手と歓声を送っている。

「サーカスみたいで楽しいよな」

「おまえのアイデアなんだって？」

ポルコが尋ねる。

「ダンジョンだけじゃなくて、いろんな娯楽を融合させたら面白いかなって思ったんだ」

「おかげで収入は倍増だ。手先は不器用だが、頭はなかなかまわるじゃないか」

「俺も、いつまでも見習いの立場じゃいられないからな」

面と向かってほめられると照れくさいのでぶっきらぼうに対応していると、行列誘導の仕事を店員に代わってもらったメイアが駆け寄ってきた。興奮気味にあたりを見回して、

「すごい人気ですね。みんなディオンのおかげです。わたしたちだけでは、こんなアイデアは出ませんでした。見てください、ぽっぽ亭さんが、まるで遊園地みたいです」

「いやー、ほんと大したもんだよ。ウチで皿を割りまくっていたのが嘘みたいだ」

ディオンは、メイアについて回ったあの日の夜、書類と格闘しながらずっと考えていた。

自分にできることはなんだろうかと。

冒険者としてはそこそこの腕があると自負しているが、迷宮設計士の免許は持っていないのでこの業界ではただの素人だ。ダンジョンの設計図は引けないし、顧客との交渉も帳簿の管理もモンスターの調教も何もできない。せいぜい丸太を運ぶくらいが関の山だ。

己の無力さに悶々としてベッドの上を転がっていると、ふと思いついた。

技術がないなら、せめて知恵を出せばいいんじゃないか？

ベッドから跳ね起き、徹夜で企画書を作成する。その数、三〇。翌日、メイアたちと慎重に会議を重ねた結果、そのいくつかがこうして採用されたのだった。

「やはり同じ仕事ばかりしていると視野が狭くなってしまうんですね。ディオンがいてくれて

本当によかった。従来の枠組みに囚われない考え方、わたしもすごく勉強になりました」

シローネに言わせると、「素人ほど業界の常識をはみ出した革新的なアイデアを考えつく」ものだそうだ。ほめられたのか、いまいち判断はつかないが。

「ちなみに、ボツになった企画はどんなのがあったんだい？」

「『大迷宮ニンジャ大会』『英雄と行く海底迷宮ツアー』『秘密のうっふんラブラブ迷宮』。どれも俺の自信作だったんだけど」

「面白そうじゃないか。ワシも入ってみたいぞ。特に一番最後のやつに」

鼻息を荒くするポルコに、ディオンは首を横に振る。

「コストの面で難しいんだそうだ。本当は俺もそれが一押しだったんだけどな」

「すみません。せっかくディオンが素敵なアイデアを出してくれたのに。ウチにもう少し余裕があれば……」

メイアは本気で申し訳なさそうにうつむいていたが、はっとひらめいたように顔を上げた。

「そうだ！　コスト削減のために、人を雇うかわりにわたしが一肌脱ぎましょう！」

メイアが、いきなり上着に手をかける。

「むほー、本当かい!?」

「いやいや。嘘だから。脱がないでいいから！　っていうか、おっさんも自重しろって！」

ディオンは、ポルコの前に立ちはだかってその視線からメイアを隠す。ほんの冗談のつもりだったのに、メイアは本当に素直なので、うっかり変なことは言えないと思い知った。

「そうですか。よかった。わたしもなんか変だと思いました」

メイアは自分の頭をこつんと叩く。こんな感じだから、どうにもメイアは放っておけない。

「とにかく、うちには余裕がないからせっかくのディオンの企画を形にできないんです」

「だったら、スポンサーを見つければいいんじゃないか？」

ディオンは、期待のまなざしでポルコを見る。

「無理無理無理無理！　ウチはそこまで余裕ないから！　協力したいのは山々だが、迷宮テントで精一杯だよ。すまないな」

「だよな。知ってた」

ため息をついた時、不意に後ろから声をかけられた。

「スポンサーだったら、ボクが協力できるかもしれないよ」

鼻にかかった声を聞いただけで、誰だかわかってイラッとした。振り返ると、エルゼンが薄っぺらい笑みを浮かべて立っている。

「何しにきたんだ？」

「とんだご挨拶だなあ。ダンジョン屋さんの仕事ぶりを拝見しに来たんじゃないか。メイア君、これはほんの気持ちだ。ボクからの祝いだと思って受け取ってくれ」

エルゼンは、赤いバラをメイアに強引に押しつけた。

「そこの使用人に、花瓶に活けてもらうといい」

「困ります」

迷惑顔のメイアに構わず、エルゼンは興味津々といった様子であたりを見回した。

「ふぅん。予想以上に賑わってるじゃないか。だけど、この立地だとこの程度が限界のようだね。ダンジョン屋の技術を駆使したところで、収益はたかが知れてるんじゃないかな？」

「相変わらず失礼なやつだな」

ディオンは、思わず拳《こぶし》を握りしめていた。

自分のアイデア、それ以上にメイアたちの努力を馬鹿にされて、黙っていられるわけがない。

しかし、ディオンの拳《こぶし》が炸裂する前に、メイアが固い声でエルゼンに問いかける。

「何がおっしゃりたいんですか？」

「我が社と業務提携すれば、売り上げが十倍、いや百倍になることを保証しよう」

「確かに…売上は増えるかもしれません……でも、やっぱり断らせてください」

「メイア君、冷静に考えてくれたまえ。今回はたまたまうまくいったかもしれないが、ダンジョン屋の業績が年々下降線をたどっているのは紛れもない事実だ。このままだと経営は遅かれ早かれ行き詰まる。父上の代から築き上げてきたものが無になってしまうんだよ。ボクは、キミに救いの手を差しのべたいんだ。わかってくれるかい？」

「メイアは、おまえの手なんか握りたくないってさ」

メイアを背中にかばいつつ、ディオンは前に進み出る。メイアの手からバラをもぎ取ると、エルゼンに叩き返した。

「ここは迷宮を楽しみたい客が来るところだ。おまえみたいなやつがうろついてたら子供が怯えて泣き出しちまう。帰れ！」

「使用人風情が、社長同士の話し合いに割り込まないでくれたまえ」

エルゼンは、懐《ふところ》から櫛を取り出して乱れた髪をなでつける。それから初めてまともにディオンを見つめた。

「今回はキミのお手柄みたいじゃないか。とりあえずおめでとうと言わせてもらうよ」

「帰れと言ってるんだ」

拳《こぶし》を震わせるディオンを無視して、エルゼンはバラを持ちながら、

「せっかくのバラが散ってしまった。これだから冒険者は粗雑だから困る。おっと、元冒険者だったね」

「っ！」

「これだけは忘れないでいてくれたまえ。ダンジョン屋の経営を決定的に傾かせたのは、キミ自身だということを。キミが王立ダンジョンを破壊したせいで、あの迷宮の管理を請け負っていたダンジョン屋は大口の契約を失って多大な損失を被《こうむ》ったんだ。ダンジョン屋だけじゃない。仕事を失ったこの街の人々は全員キミを恨んでいる。そう、ひとり残らずね」

「なん……だって」

エルゼンの一撃は、ディオンの背筋を凍らせた。急速に喉が渇いていき、声が出せない。

「メイア君。キミも言ってやったらどうだい？　彼のおかげで大迷惑を被《こうむ》ったって」

「そんなことないですよ。エルゼンさんが大げさに話してるだけです」

「メイア君は優しいな。しかし、キミも本当はそう思ってるんじゃないかい？」

ディオンは、シローネに初めて会った時に疫病神呼ばわりされたことを思い出した。石のように固まったディオンを見て、エルゼンは満足そうにバラの花の匂いを嗅ぐ。

「では、今日はこれで失礼しよう。スケジュールが押しているのでね」

エルゼンはポルコに花束を放り投げると、マントを翻《ひるがえ》して去っていった。

その後ろ姿を、ディオンは黙って見送ることしかできなかった。脳裏にはエルゼンの言葉が駆け巡っている。

「ダンジョン屋の経営を傾かせたのは俺、なのか……」

壊したダンジョンは何年かかっても弁償するつもりだったし、ダンジョン協会に毎月できる限り返済していくつもりだが、実際に迷惑を被《こうむ》っていた人間が目の前にいたことには気づかなかった。

自分の頭の悪さに呆然とする。

それに、頑張って造った迷宮テントを馬鹿にされただけでこんなに腹が立つのだから、心血を注いで造ったダンジョンを壊されたら、シローネでなくても文句のひとつも言いたくなるに決まっているじゃないか。

「疫病神か……そうかもしれないな」

「本当に気にしなくていいんですよ。モンスターが暴れてダンジョンが壊れるなんてよくあることだし、それくらい迷宮設計士はみんな覚悟していますから」

メイアのフォローも耳に入らない。

「くっ！」

抑えきれない感情と共に、拳《こぶし》をぽっぽ亭の壁に叩きつける。

鈍い痛みが走ったが、それよりも心の苦しさの方が遙かに大きい。やっとメイアの役に立てたと思ったのに、みんなに迷惑をかけていたことに改めて気付き、嬉しさなんて消えてしまった。

足下が崩れ落ちるような感覚に、ディオンはいつまでも囚われていた。


「お願いします！」

ディオンは、テーブルに両手をついて頭を下げた。

ぽっぽ亭にほど近い、街の中心地にある定食屋メンドリーナの亭主は、ディオンが差し出した書類を気のない様子で眺めている。

「ぽっぽ亭の噂は聞いているよ。おたくの造った迷宮テント、連日大盛況だそうじゃないか」

「はい。それで、メンドリーナさんもどうでしょう？　そちらに記されているとおり、売上げが伸びるのは確実ですが」

飛び込みの営業を始めて今日で半月。めぼしい店を何十軒もまわったが、色よい返事はもらえていない。

メイアは同行しておらず、ディオンひとりで交渉していた。元々口下手なディオンにとってはきつい仕事だが、怖じ気《け》づいている場合ではない。

とにかく一件でも契約を成立させて、ダンジョン屋の経営に貢献するのだ。エルゼンに衝撃の真実を聞かされてから、ディオンにとってそれは絶対に成し遂げねばならない使命となった。

あの後も、メイアは変わらず親切に接してくれる。ダンジョン屋の屋台骨を傾かせた元凶のディオンに対しても、愚痴めいたことは一切言わない。

メイアはどれだけ天使なんだろう。しかし、それに甘えていてはだめだ。自分の責任は自分で取る。ディオンは見よう見まねで覚えた営業トークを続ける。

「空前のダンジョンブームが来ているのは間違いありません。誰でも気軽に迷宮探索気分が味わえる迷宮テント。メンドリーナさんもぜひ」

「うむ。それなんだが」

亭主は、メガネを外してレンズを拭く。

「実はティンクル・ラビリンスさんからも同じような提案が来ていてね」

「なんだって!?」

「正直なところ、ダンジョン屋さんの見積もりよりもずいぶんと安いんだ。なので、今回はティンクル・ラビリンスさんにお願いしようと思っている」

エルゼンのやつ、俺たちのアイデアをパクリやがったな。

「そういうわけで、申し訳ないが今回は縁がなかったということで」

定食屋を出ると、秋だというのに日差しがまぶしい。太陽までが敵に回っているようだ。

「これくらいでめげてられるか！」

頬を叩いて気合いを入れる。このままではメイアたちに合わせる顔がない。

その後、何軒もの店をまわったものの、全部断られた。たいていはまともに話を聞いてもらえず、たまに興味を示したかと思えばすでにティンクル・ラビリンスに先を越されていた。どうやら向こうは人海戦術で街中の飲食店に声をかけているらしい。

酒場で一休みしがてら歯ぎしりしていると、隣のテーブルから声がかかる。

「貴公、ちょっとよろしいかな？」

金縁の片メガネをつけた、見知らぬ中年男だった。卵のようにつるんとした顔で、口ひげだけが個性を主張していた。

「吾輩はバロル男爵。もちろん知っているだろう？」

ディオンは黙って首を振る。聞いたことのない名前だった。バロルと名乗った男は心外そうに顔をしかめたが、気を取り直すように咳払いをする。

「近頃、興味深い噂を耳にしてね。黒龍退治の勇者が迷宮設計士に転職し、すばらしい迷宮を作り上げた。その名前がディオンとか」

「俺だけど、なにか？」

「やはり君であったか。黒龍退治の勇者に頼み事があって、ずっと捜していたのだよ。とりあえず吾輩のテーブルに来たまえ。そんなところでは話もできない」

バロルは向かいの椅子を指し示す。勇者と呼ばれてすっかり嬉しくなったディオンは、言われるままに席を移した。

「ワインはいかがかな？　こんな店でも、ルミエールの赤はなかなかいける」

高そうな銘柄を勧められたが遠慮する。ディオンは、メイアの真似をして紅茶党になると決めていた。

「ならば彼にお茶を。最高級のやつを頼むよ。最高級の」

「で、俺に話っていうのは？」

「我が屋敷にも迷宮を造ろうと思ってね」

バロルは、ワイングラスを揺らしながら先を続ける。赤い液体がグラスの中で波打ち、店の照明を反射してルビーのように輝いた。

「まもなく妻の誕生日なのだよ。その祝いとして友人たちを招いてホームパーティを開くのだが、余興に迷宮を披露したいのだ。贅を尽くした他に類を見ない素晴らしい迷宮を、ぜひ君に造ってほしい」

「俺が？」

「愛する妻の誕生日だ、金に糸目をつけるつもりはない。もちろんこちらからもある程度のリクエストはさせてもらうが、基本的に自由に設計してもらって構わんよ。吾輩としては、君にその才能を存分にふるってほしいのでね」

バロルはワインを飲み干すと、両手を組んで身を乗り出す。

「勇者の君にふさわしい仕事だと思うのだが、引き受けてくれないかね」

「それは」

もちろん。と、返事をしかけて言葉を飲み込む。

ディオンにとっては願ってもない申し出だが、どうも話がうますぎる気がした。

そもそも、迷宮テントを造ったのはメイアたちであってディオンではない。自分は思いついたアイデアを提示しただけだ。

そう告げると、バロルはさらに身を乗り出した。額がぶつかりそうな距離で熱く囁く。

「吾輩は単なる迷宮設計士など求めてはおらぬ。君ならではのクリエイティブな才能を買っているのだ。停滞しきった業界に新風を吹き込み活性化させる。それが君のなすべき役割であり、吾輩はそれを支援することに心からの喜びを覚えるのだ」

バロルは、シルクハットと杖を持って立ち上がる。

「吾輩の屋敷に案内しよう。それで君の疑問も氷解するはずだ。ついてきたまえ」


その夜、ダンジョン屋の事務室では緊急会議が開かれていた。

「……それで、そのバロル男爵とやらと話をつけてきたってわけですのね」

事情をディオンが説明すると、シローネが口火を切る。怒りを抑えつけているかのように、その声は低い。

「わたくしたちに黙って勝手に。言語道断ですわ」

「みんなの役に立ちたかったんだ」

「でしたら、せめて事前に相談してほしかったですわ。メイアにも内緒で営業するだなんて。

何か間違いでもあったらどう責任取るつもりですの。よくいるんですわ。はじめから迷宮を造る気なんてなくて、冷やかしで見積だけ出させて断ってくる不届き者が。有言実行しないサイテーな人種ですわ」

「俺も最初はなんか怪しいかもって思ったさ。だけど屋敷に案内されて驚いたよ。館も庭もめちゃくちゃでかくてさ。玄関には執事とメイドがずらっーと整列して出迎えてくれたんだ」

ディオンの興奮はなかなか冷めない。バロルの屋敷にはダンジョン屋がすっぽり入りそうなくらい大きな部屋がいくつもあり、いわくありげな壺だとか、一角獣の彫刻だとかがずらりと陳列されていた。

「あれは本物の貴族だよ。それに、さすがに契約はまだしてないぞ。だからこうして相談してるんじゃないか」

メイアの前には、ディオンが作成した契約書が置かれている。バロル男爵の署名済みだ。

「バロル男爵って、サンディは知ってる？」

メイアが尋ねると、サンディは記憶をたぐるように顎に人差し指を当てる。

「思い出した。元々はどこか田舎の果物農家だったらしいけど、住んでいた村に新しく迷宮が造られるって話が持ち上がって土地が高く売れたとか。それでこっちに出てきて、爵位を金で買ったって噂が流れたことがあったっけ」

「典型的なダンジョン成金ですわね」

シローネが、猫じゃらしを片手に、足元のケルベロスをあやしながらため息をつく。どうやらバロルにいい印象は持たなかったようだ。

「でも、金持ちには間違いないんだろ。この仕事を受ければ、ダンジョン屋も楽になるはずだ。違うか、シローネ？」

「ウチの経営はいつだって火の車ですわ」

「サンディはどう思うんだ？」

「この契約書にサインをすれば、ウチには莫大なお金が入るわね。経営的には助かるけれど、その代わりダンジョン屋の総力をつぎ込む必要がある。他の案件もいくつか来ているけれど、そっちは断らないといけないかも。万が一、支払いが滞ったらまずいわよ」

指に髪を巻きつけながら、サンディは続ける。

「肝心のメイアはどうなの？　ダンジョン屋はあなたのお店なんだし、あたしたちはメイアに従うだけ」

ディオンたちの視線が、いっせいにメイアに注がれる。

「それはもちろん決まっています」

メイアは契約書を見つめていたが、ペンを取って自分の名前をサインした。

そのとたん、張り詰めていた事務室の空気がひときわ緊張する。積極的に話を進めていたディオンでさえ、ごくりと唾を飲み込んだ。

「なんか、思っていたよりあっさり決めたな。いいのかそれで」

逆に不安になってきて、メイアに問いかけてしまう。シローネも、猫じゃらしの手を止めて念を押した。

「よろしいのですわね。もう後には引けませんことよ」

「ディオンが持ってきてくれた案件を無駄にしたくないんです。それに、ディオンの話を聞いていたら、バロルさんのダンジョン愛が十分に伝わってきました。ダンジョンを好きな人に悪い人はいません。きっと真面目で誠実な人に違いないです」

「メイアのその前向きな思考、わたくしも見習いたいものですわ。わかりました。やってやろうじゃありませんか」

シローネも覚悟を決めたようだ。

「これから忙しくなりそうね。あたしの鞭がうなる時がきたみたい」

サンディが妖しく微笑む。

席を立ったメイアが、三人を見回して宣言する。

「これよりダンジョン屋は、全力で本案件に取りかかります。どうかよろしくお願いします」

「おうっ！」

ディオンは、一瞬湧きかけた不安を振り払うように、腹の底から返事をした。

「それでは気合いを入れるために、ダンジョン屋社訓を唱和します。ひとつ、ダンジョン屋は誠心誠意仕事をすべし！」

「……やっぱりそれはやるんだな」

「さあ、ディオンも一緒に恥ずかしがらずに大きな声で！」

「お、おう」

「ひとつ、ダンジョン屋は街の皆さんのお役に立つべし！」

「ひとつ、ダンジョン屋は街の皆さんのお役に立つべし！」

ディオンが持ち込んだ仕事の第一歩は、社訓を十七箇条唱えることから始まった。

秋晴れの日、ダンジョン屋一行は下見と顔合わせを兼ねてバロルの屋敷を訪れた。

応接間に通されたディオンたちは、自己紹介を終えた後、さっそく商談に取りかかる。

「吾輩がバロル男爵だ。高名なみなさんに会えて光栄ですぞ」

「な、嘘じゃやなかったろ？」

ディオンは、隣のシローネに囁いた。前回訪れた時と同じく、玄関にはメイドが整列し、うやうやしく一行を出迎えてくれた。

メイアがバロルに一礼し、持参した巻物を広げる。

「迷宮の見取り図です。初心者向けのパッケージタイプで、所要時間は約二時間。ご友人との親睦を深めるのに最適です」

「通路と部屋の間取りしか描かれていないようだが」

バロルは、片眼鏡の位置を調整しながら念入りに地図を眺める。

「各部屋に設置するアイテムやモンスターは、お客さまのご要望に添った形でご提供可能です。こちらのカタログで自由にお選びください」

分厚い本が三冊並べられる。『アイテム』『モンスター』『トラップ』のカタログだ。各ページにはアイテムやモンスターのイラストや効果、希望価格が記載されており、それらを選んで通路や部屋に配置すれば、簡単に迷宮ができあがる仕組みになっている。

迷宮にはこうしたカタログの既製商品を組み合わせて造るものから完全オーダーメイドタイプまで、工期と予算に応じて様々なタイプがあることを、ダンジョン屋に入って初めて知った。

「今回は冒険者免許をお持ちの方はいないと伺っていますので、難易度の高いトラップは外した方がいいでしょう。ダンジョン屋のトラップは安全基準を満たしていますが、それでも不測の事故が起こらないとは限りませんから」

王国が公認しているダンジョンは、冒険者免許がないと立ち入りは禁止されている。危険なモンスターやトラップが存在し、生命の危険があるためだ。違反すると警備隊に逮捕される。

しかし、個人が私有地に造ったダンジョンは免許が不要だ。迷宮テントや今回の件がそれにあたる。あくまでも個人が楽しむためならという名目で容認されているのだが、何か事故があった時は自己責任となり、ダンジョン保険も適用されない。

そうした理由で、個人のダンジョンは必然的に安全性が高いものになる。モンスターはせいぜい人をおどかす大ヤマネコか毒なしトカゲ程度に限られるし、落とし穴も底にクッションが敷かれて怪我をさせない仕組みになっている。

「ふーむ」

バロルはカタログを気のない様子でめくっていたが、眼鏡を外して放り出す。

「どうもしっくりこぬな。せっかくの妻の誕生パーティーなのだ。こんなお仕着せの大量生産的なものではなく、優雅で華麗で独創性に満ちたダンジョンが造りたいぞ」

バロルは両手を広げてみせた。

「モンスターもありふれたものではつまらぬ。客人をあっと驚かせるものを用意したい」

「それだと特注になってしまいますが？」

「構わん。愛する妻のためだ。金に糸目などつけてはおられん」

見取り図を引き寄せたバロルは、ダンジョンの一番奥の部屋に大きく赤丸をつける。

「ここに妻の彫像を飾ろう。街一番の彫刻師に頼んでくれたまえ。そのまわりを花々で埋め尽くし、そうだ噴水も用意しよう。妻が部屋に入ったとたんに盛大にパァーっと水が吹き出る仕組みにしてくれ」

「奥様思いなんですね。素晴らしいと思います！」

止まらないバロルの提案につられるように、メイアは前のめりになっている。鼻息も荒く、両手で握り拳《こぶし》を作ってみせた。

「大切な記念日に、おふたりにとって一生忘れられないダンジョンを造ってみせます。どうかお任せください！」

「おいおい。本当にそんなことできるのか？」

盛り上がるメイアを横目にディオンは呟く。するとシローネが耳打ちしてきた。

「たまにいるんですわ。実現可能かどうかも考えもせずに、思いつきを口にする依頼人が」

「俺には自由な裁量で任せるとか言ったのに」

「そんなのすっかり忘れてますわ。ダンジョン設計って、素人には子供のおもちゃと同じ。考えてるうちに楽しくなってきて、歯止めが利かなくなってしまうのですわ」

「駆け出しの冒険者にも、ああいうやつはいるな」

初めてのダンジョンに興奮してまわりが見えなくなり、いきなり走り出したと思ったら罠に掛かって一発リタイアするタイプだ。

「ですから、依頼人の暴走をコントロールするのも仕事のうちなのです」

「メイアはむしろ火に油を注いでいるように見えるんだが」

「いつものことですわ。メイアは人がいいから顧客の希望をできる限り叶えようとするけど、それを現実的な線に落とし込まないといけません」

「なるほど、それがシローネの役割なんだな」

「人ごとみたいに言っちゃダ・メ」

サンディが、シローネの向こうから声をかけてくる。

「ディオン、君がなんとかするの」

「俺が!?」

「担当は君なんだから、ね？」

「わ、わかった」

このまま放っておくと収拾のつかないことになりそうだ。サンディのウインクに後押しされたディオンは、ぎこちなく立ち上がると、バロルとメイアの会話に割り込んだ。

「ちょっといいですか」

しかし、バロルは顔さえ向けない。メイアにダンジョンの壁を金色にしてほしい、そこに妻の名を宝石で埋め込んでほしいと要求している。

「うわ、趣味わるっ」

シローネがうんざり顔で舌を出す。その隣で、ディオンは声を張り上げた。

「ちょっと待ってくれ。いくらなんでもそれは無茶だ」

「なんだと？」

バロルがようやくこちらを向いた。話の腰を折られて不愉快そうだ。

「金なら心配いらぬ。それとも貴公は吾輩の資産を疑っておるのか？」

「そういうわけじゃない」

「ではなんだというのだ」

「工期の問題だ。あなたの要望をなんでもかんでも取り入れてたら、とうてい奥さんの誕生日に間に合わなくなる。それじゃ本末転倒じゃないか。どうか考え直してくれ」

「むむっ」

バロルの眉間に皺が寄る。

「たしかに。吾輩としたことが、肝心なことを失念しておった」

「迷宮は通常のフォーマット。アイテム等はカタログから選ぶ。それでいいかな」

　ディオンは気合いで念を押す。ここでうんと言ってもらえなければ、話はまた最初からやり直しだ。それはお互いにとってなんの利益にもならない。冒険者生活で学んだ即断即決の心得が役に立った。

「よかろう」

　とうとうバロルが折れた。

　我ながらうまい話の持っていき方だったなと、ディオンが心の中で自画自賛したとたん、バロルが拳《こぶし》でテーブルを叩く。

「だが、モンスターだけは譲れぬ。ダンジョンの華といえばモンスター。モンスターを思うと心が震える。これだけは吾輩の好きにさせてもらうぞ」

「でた。モンスターフェチ」

　サンディがシローネと顔を見合わせる。

「トラップフェチの次に多いタイプだわ。やれマンティコアを出現させたいとか、やれガーゴイルを配置したいとか、そんなほいほいできるわけないってのがわかってないのよ」

「厄介ですわね」

「でも大丈夫。任せて」

　サンディは自信満々にうなずく。

「やっとあたしの出番ね。最近新しい子に出会えなくて退屈していたところなの。どんなモンスターもきっちり調教して、あ・げ・る」

「吾輩が要求するモンスターは……」

　しかし、バロルの言葉にその場にいた全員が絶句した。


　バロルの館を出たディオンは、メイアたちと揃って北の街外れに向かって歩いていた。

「どうしてわたくしまで同行しなければいけませんの？」

　シローネはずっとご機嫌斜めだ。拾った猫じゃらしを乱暴に振り回す。ケルベロスがその穂先を前足で捕まえようとして、嬉しそうに跳ねまわった。

「賃金交渉には経理担当が必要でしょう？」

　隣を歩いているサンディは、出かける時から元気がない。

「それに、今回の相手はあたしの管轄外。せっかく張り切っていたのに、これの出番はないみたいだし」

　残念そうに、蛇のように手首に巻きつけている鞭を見つめる。

　ディオンも、疑問をメイアにぶつけてみた。

「賃金交渉なんて、できる相手なのか？」

「さあ、どうなんでしょう？　わたしにもよくわかりません」

「そんな無責任な」

「大丈夫。こちらの気持ちを誠心誠意伝えれば、きっとなんとかなりますよ」

「見えてきたわよ」

サンディが顎をしゃくると、シローネがびくっと足を止める。

昼夜を分かたず賑やかな中心街とは違い、このあたりに人の気配はない。屋根が崩れた廃屋や、ざわざわと波立つすすき野が広がっているばかりだ。

その奥の、ちょっとした雑木林の陰に墓地がある。

何世代も前の、すでに忘れ去られた者たちの墓だ。普段は訪れる人もなく、墓は朽ちるに任されている。周囲の木々も枯れており、よじれた枝は干からびた白骨のようだ。

「街の噂だと、このあたりに出るらしいんだが」

黄昏時。荒涼とした地平線に沈んでいく西日が、ディオンたちをオレンジ色に染め上げる。

生暖かい風が首筋を撫でた。

「ひっ！」

シローネは猫じゃらしを放り捨てると、ディオンの背中にしがみつく。

「アンタが先頭よ。ほら、行きなさい」

「なんだよ。怖いのか？」

「そ、そんなことあるわけないじゃありませんことよ」

必死に弱みを見せまいとするものの、震え声がシローネの言葉を裏切っている。

「そんなこと言って、本当はやっぱり怖いんだろ？」

「だから違うって言ってるでしょ！」

強硬に否定するものの、墓場に近づくにつれてトーンが落ちる。

「ああ、やっぱり来るんじゃなかった。わたくしは洗練されたシティ派ですもの。こういう埃っぽくて不衛生な場所はサンディに任せておけばよかったんですわ」

「なんかこっちに矛先が向いたけど、あたしは、生き物がいるところじゃないと興味ないの。だから、ここはディオンに任せるから」

「やっぱり俺かよ!?」

シローネに背中をぐいぐい押される。さらに墓場に近づくと、ディオンたちの目の前に青い鬼火がぽっと浮かんだ。

同時に、風もないのに木の枝が大きく揺れる。ケルベロスが耳を立て、低く唸った。

「私の眠りを邪魔する者は誰だぁぁぁ」

倒れた墓石の下から半透明の人影が現れる。朽ちたローブを身に纏い、両目から真っ赤な血の涙を流した男の亡霊《ゴースト》。

「で、でたっ―――!」

シローネは絶叫すると、白目を剥いて崩れ落ちる。

「おい。しっかりしろ!」

慌ててディオンが抱きとめる。気絶したシローネの体は羽根のように軽い。

「刺激が強すぎたかな?」

幸い意識を失っているだけだ。亡霊と遭遇したのがよっぽどショックだったのだろう。

「どうしよう、気付け薬でも飲ませるか?」

「シローネはアンデット系が苦手なの。下手に起こすと騒ぎ出しそうだから、そのままにしておくのが平和だと思うけど」

サンディに尋ねると、意外にシビアな答えが返ってきた。

「舞台俳優のクレオさんですね？」

メイアが亡霊に問いかける。

「いかにもぉぉぉぉ。私はクレエエエオ。何か用かぁぁぁぁ」

亡霊の声は、直接ディオンの頭に響いてきた。メイアたちにも同時に聞こえているようだ。

ディオンはシローネをサンディに委《ゆだ》ねると、ダンジョン屋を代表して話を切り出した。

「舞台俳優のクレオ。生前は迫真の演技で観客を魅了したそうだな。その力を借りたい」

バロルが指定した迷宮に配置するモンスター、そのひとつが亡霊だった。

応接室での、バロルとの会話を思い出す。


「客人を驚かせるのもホストたる吾輩の務め。演技力のある亡霊を連れてきてくれたまえ。もちろん無害なやつだぞ。取り憑かれたりしたらたまらんからな」

「ずいぶん無茶な要求じゃないか」

「吾輩は依頼主だぞ。金に糸目をつけんから、何がなんでも連れてくるのだ」


そんなわけで、ディオンたちは酒場で聞いたことのある噂を頼りに、墓地まで足を運んだというわけだった。

詳しい事情を説明すると、亡霊は恨めしげな表情のまま、姿を消したり現したりした。

「むぅぅぅぅ。悩むぅぅぅぅ」

「それって悩んでるしるしなんだ」

一口に亡霊といっても、その性質はさまざまだ。生者に会うやいなや襲いかかってくるような凶悪なのもいる。もしクレオがそのタイプだったら問答無用で浄化してやろうと思っていたが、どうやら話のわかるやつらしい。

「もちろん報酬の用意はある。十万ギルダーでどうだ？」

気絶しているシローネに代わって賃金交渉に入る。どうせバロルが出すはずなので、予算よりも多めに提示してみた。

「ディオン、それはちょっと予算的に難しいかも」

「メイア、ここはディオンに任せてみたら？」

口を挟みかけたメイアを、サンディが止める。

「いつまでも新人ではいられないんだし、ここは黙って見守るのが彼のためかも」

「あ、そうですよね。社員の成長を促すのも社長の務めですよね。ディオン、頑張って！」

うしろでメイアが声援を送ってくれる。気持ちはありがたいが、正直気が散る。

しかし善意でしてくれていることなので、文句は言えない。

「で、どうなんだ？　十万ギルダーで引き受けてくれないか？」

「金なんていらないぃぃぃぃ。どうせ使い道なんてないしぃぃぃぃ」

「それもそうか」

地獄の沙汰も金次第というが、現世に縛りつけられている亡霊には意味がないらしい。

「私はぁぁぁぁ、金などでは動かないぃぃぃぃ。見くびるなぁぁぁぁ」

「なら、この話は断るってのか？」

「そうは言ってなぁぁぁい。もう一度、人前で役者魂を発揮したい気持ちはあるぅぅぅぅ」

「わかんないやつだな。じゃあ何が望みなんだよ。はっきり言ってくれ」

「私の望みはぁぁぁぁ。私のことを覚えていてほしいということぉぉぉぉ」

「ん？　なんだって？」

「私は忘れ去られた役者ぁぁぁぁ。生きていた時は誰もが私の芝居を見にきたのにぃぃぃぃ。今では誰ひとりとして見向きもしなぁぁぁぁい。それが悲しいぃぃぃぃ」

クレオはうつむくと、赤い大粒の涙をぽろぽろと零した。


「シローネ、おい、起きろシローネ」

「う……ううん」

細い肩を揺さぶると、シローネはゆっくりと目を開ける。

「ここはどこですの？　なんだか怖い夢を見ていたような……」

地面に寝かせたシローネは、意識がはっきりしていないのか、頭を振りながら上体を起こす。

そのまわりに、ディオンたちダンジョン屋の面々がいた。

日はとっくに暮れている。ディオンが、持っていたランタンをかざすと、夜のとばりの向こうにクレオが立っていた。シローネの瞳と、亡霊の血の瞳が見つめ合う。

クレオは歯をむき出して、精一杯の愛想笑いをする。

「どうもぉぉぉぉ、こんにちはぁぁぁぁ。クレオでぇぇぇぇす！」

「……ああ……めまいが」

シローネは額に手を当て、顔を引きつらせてもう一度倒れそうになる。

その反応を予想していたディオンは、慌てることなく背中を支えてやった。

「大丈夫だ。怖くないから落ち着けって」

「そうですぅぅぅ。私は温厚で善良な亡霊なのですぅぅぅ」

クレオが悪夢に出てきそうな笑顔で、すすすっと近づいてくる。

「顔が近いですわ！」

パニックに陥ったシローネは右手を振り上げると、メイアが止める間もなくクレオの頬を張り飛ばそうとした。

しかし、その手はクレオの顔をすり抜ける。

「!?」

「やめてくださいぃぃぃぃ。暴力反対ぃぃぃぃ」

クレオは頬に手を当てる。実際にビンタをされたわけではないのだが、とても悲しそうだ。

「体はなくても、心が痛むんですぅぅぅぅ」

「ご、ごめんなさい」

ようやく理性を取り戻したらしいシローネは、居住まいを正して頭を下げる。

「わたくし、幼い頃、ゾンビのお面を被《こうむ》った兄におどかされてからアンデット系がダメなんですわ」

「それは……お気の毒ですぅぅぅ」

「でも、亡霊といっても悪いやつばかりではありませんのね。少なくともあなたはいい人みたいですわ。ひどいことをしてごめんなさい」

「気にしてませんから、どうか頭を上げてくださいぃぃぃぃ」

ディオンは、触れることのできないクレオに代わってシローネの肩を叩く。

「シローネが寝ている間に話がついた。クレオは協力してくれるそうだ」

「あら、そうなんですの？」

「ディオンがひとりで話をまとめてくれたの。これでもう見習いは卒業ですね」

シローネが気絶していた間の事情を説明したメイアが、自分のことのように胸を張る。

「見習い卒業は別として、アンタでも役に立つことがあるんですわね。意外ですわ」

シローネの毒舌《どくぜつ》が復活してきた。もう心配はいらないようだ。

「で、バイト代はおいくらですの？」

シローネは、首から提げていた巾着袋からお金を取り出そうとする。

「金はいらない。その代わり、クレオの芝居を見ることになった」

「お芝居を？」

「私の芝居を見て、記憶に留めてくださいぃぃぃぃ。それがただひとつの願いですぅぅぅぅ」

自分のことを忘れないでほしい。

それがクレオの出した条件だった。生きていた頃は国民的俳優として、道を歩いているだけで人々が殺到し、サインを求める行列が途絶えることはなかったという。

しかし、不慮の事故で亡くなった途端に誰も見向きもしなくなり、あっさりと忘れ去られてしまった。

「それが悔しくて悲しくて、いまだに天上界に行けないんですぅぅぅぅ」

「だから、俺たちがクレオのことを心に留めるって約束したんだ。一緒にクレオのひとり芝居を観劇しようぜ」

「今からですの!?」

空にはぶあつい灰色の雲が垂れ込めていて星は見えない。遠くで雷の閃光が走り、どこかで不気味な鳥の羽ばたきがする。

「クレオは生前、吸血鬼が当たり役だったそうだ。雰囲気が出ていて最高じゃないか」

シローネは首を横に振りながら、両腕で自分の体を抱きしめる。

「わたくし、アンデット以外にも苦手なものがありますの。夜と雷と鳥の鳴き声ですわ」

「ありすぎだろ」

「シローネは意外と恐がりだから」

「サンディ、わたくしを子供扱いしないでって、いつも言っているでしょう！」

「ごめんごめん。でも、そんなシローネもかわいいわよ。ギャップ萌えで、将来絶対異性にモテるタイプね」

「だから、からかわないでください！　サンディの意地悪！」

「あのう、始めちゃっていいでしょうかぁぁぁぁ？」

いつの間にか、クレオは黒の礼服姿になっていた。同色のマントに身を包み、墓石の前で待機している。

「ああ。頼む」

ディオンがうなずく。

「それでは開演いたします。闇の黒と、血の赤の世界にいざ参られよォォォォ！」

高らかに開幕のコールを告げると、クレオがマントを翻《ひるがえ》す。

定命の愛する女性を失った悲しみに暮れ、嵐の中で己の血と天を呪う吸血鬼になりきった迫真の演技に、ディオンたちは圧倒された。

メイアはもちろん、サンディさえ軽口ひとつ叩かずにクレオの芝居に見入っている。

シローネに至っては、本物の吸血鬼が目の前にいるかのように思えるのか、ディオンにしがみついて離れようとしない。

シローネの薄い胸がディオンの背中にぴったりと密着し、彼女の体温が直接伝わってくる。

「わわっ」

動揺したディオンは、傍にいるメイアを気にしながら少しでもシローネとの隙間を空けようと無駄な努力をする。それにシローネが囁く。

「もぞもぞしないで。クレオに失礼ですわ」

「そ、そうだった」

必死に芝居に集中しようとしたが、それは黒龍と戦うよりも難しかった。ディオンの意識は、ともすれば背後のシローネへと向けられてしまう。

シローネの髪からは、微かにバニラの香りがした。

俺よりも、年下なんだよな。

それなのにシローネは、メイアとダンジョン屋のために頑張っている。口は悪いが、アンデットは苦手だと言いつつディオンたちにつきあう律儀な面もある。

見かけによらず、いいやつかも。

ディオンはひとつうなずくと、シローネの邪魔をしないよう自分も観劇に集中した。

吸血鬼が胸に杭を打たれて灰と化す最後の一幕まで演じきり、うやうやしく一礼するクレオに、全員惜しみない拍手を送る。

「よかったぞクレオ」

「最高でした！」

感激屋のメイアは、目を真っ赤に腫らしている。

「ありがとうございましたぁぁぁぁ」

顔を上げたクレオの目には、もはや血の涙は流れていない。透きとおった熱い涙が頬を濡らしている。

「こんなに心のこもった拍手を受けたのは何百年ぶりでしょう。もう思い残すことはありませぇぇぇぇん」

そう言うと、すうっと体がかき消えていく。

「ちょっと待って！　早まるな！」

慌ててディオンが呼び止めると、クレオは再び姿を現す。

「心配ご無用ですぅぅぅ。これからその貴族の屋敷に行こうと思っただけですぅぅぅぅ」

「そうなのか。てっきりこのまま天上界に旅立つのかと思ったぞ」

「ご安心くださいぃぃぃぃ。私は約束は守る男ですぅぅぅ。それでは現地でお目に掛かりましょうぅぅぅぅ」

言い残してクレオは消える。

「さてと、俺たちも帰るか」

「ですね。明日も早いですし」

思いのほか遅くなってしまった。メイアと並んできびすを返しかけたディオンの腕を、シローネが掴む。

「どうした？」

「今までアンタのことを、力任せのがさつな脳筋だと思っていましたが、それだけではなかったらしいですわね。今回は及第点を差し上げてもよろしくてよ」

「……えーと」

どうやらほめてくれているらしい。

相変わらずの毒舌《どくぜつ》っぷりで、とにかく表現がまどろっこしい。

「人をほめる時は、もっとわかりやすく言ってくれよ。何しろ俺、脳筋だからさ。難しいこと言われても理解できないんだ」

「……むう」

シローネは、頬を膨らませた。それからわざとらしい咳払いをする。

「しかたないですわね。だったら脳筋にもわかるようにはっきり言って差し上げますわ。今日のディオンは素晴らしかった。わたくし、貴方を見直しました……これでよろしくて？」

「え？　よく聞こえない」

ディオンは耳に手を当てる。

「貴方を見直したって言ってるんです！」

「は？」

シローネの目が、すっと細くなる。

「……わざと言ってますわね。サンディ、ちょっと鞭を貸していただけます？」

「どうぞどうぞ」

「おい、よせって！」

ディオンは慌てて身をかわすが、シローネは素早く追いかけてきた。

「あんまりからかうと蹴っ飛ばしますわよ！」

言い終わる前にふくらはぎに衝撃を受けた。不意打ちにがくっと膝が落ちる。

「もう蹴ってんじゃねーか！」

「わたくし、有言実行の女ですから」

澄まし顔でシローネが答える。まったく油断も隙もない。鞭でしばかれなかっただけマシだろうか。

しかし、自分に対する呼び方が、『アンタ』から『貴方』に変わったのをディオンは聞き逃さなかった。これは彼女の好意の表れなのだろうか？　この分なら、これからもきっとうまくやっていけるはずだ。

この夜の記憶は、クレオの望みどおり、生涯忘れることはないだろうとディオンは思った。

第三章　迷宮作りも楽じゃない

　ブラウエン山脈は、王国北部に壁のように峰を連ねている山々だ。

　街を出て十日。ディオンたちダンジョン屋の面々は、山脈の中でも最も険しいローテフラウ山の頂《いただき》を目指して歩いていた。

「落石！　三時の方向！」

　先を行くサンディの警告に全員いっせいにかがみこむ。竜の頭くらいの大岩が、急斜面を転がってきた。

　ゴゥっという風鳴りが耳元をかすめていく。

　あんな岩が当たったらひとたまりもない。ディオンの背中を冷たい汗が伝っていった。

　季節は晩秋。この地方は雨が少なく、乾燥した山肌はもろくて崩れやすい。ローテフラウ山の頂上へと続くルートは急峻なガレ場で、足を滑らせたら一巻の終わりだ。登頂を開始してすでに半日。慎重に一歩一歩、足場を確保しながら登っていく。

「まさか、山登りまでさせられるとは思ってなかったぜ」

　クレオをスカウトした翌日、ディオンたちは、バロル男爵に呼び出された。

　前回と同じ応接室に通される。

「ご苦労だった。あんな芝居気のある亡霊は初めてだよ」

ご満悦といった様子で、ディオンの肩を叩いてくる。

「客人もさぞかし喜ぶだろう。そこで次なるモンスターだが」

挨拶もそこそこに、新たなモンスターの捕獲を言い渡される。

「グリフィンを一頭用意してくれたまえ。活きのいいやつを頼む」

「なんだって!?」

グリフィンは鷲の頭と翼に獅子の体を持つ狩猟型のモンスターで、寒冷な岩場をねぐらとする。個体数は少なく、めったに目撃されることはない。気質は極めて獰猛《どうもう》で、鋭い爪牙《そうが》にかかって命を落とす冒険者も少なくなかった。

そんなグリフィンを捕らえ、ダンジョンに配置して招待客を驚かせたいとバロルは言う。

すかさずメイアが椅子を蹴って立ち上がった。

「危険です。ダンジョン法によって、A級ライセンス以上を持った冒険者でないとグリフィンのいる迷宮には入ってはいけないと定められています。ましてや一般人の立ち入りは、絶対に認められません」

バロルの意向にできるだけ従っていたメイアも、さすがに譲れない一線があるようだ。

「これは吾輩の個人的な迷宮だ。従ってダンジョン法は適用されぬ」

「それはそうですが……」

「顧客の言うことが聞けないのかね。何もグリフィンと戦うわけではない。爪を切り、口を塞いで檻に入れておけばよかろう。そうすれば吾輩の大事な客人に被害が及ぶこともあるまい」

「モンスターを甘く見ないでください。万一のことがあったら大変です」

「そんなことが起こらぬように手配りをするのも、君たちの仕事ではないのかね。ん？」

「それは……その通りですけど」

納得いかなげなメイアに代わって、サンディがひらひらと右手を挙げた。

「要はグリフィンを飼い慣らせばいいんでしょ？　今度こそあたしの出番みたいね」

「安請け合いして大丈夫なのか？　グリフィンはめちゃくちゃ凶暴だぞ」

駆け出しの頃に一度ダンジョンの中で遭遇したことがあるが、その時はグリフィンの獰猛《どうもう》さに圧倒されて逃げることしかできなかった。

「あたしに調教できないモンスターはいないわ」

サンディは、自信満々に言い放つ。むしろ出会うのが楽しみで仕方がないように、ちろりと舌を出して上唇を舐めた。

「まじかよ!?」

「ドラゴン以外は……ね」

そんなわけで、ダンジョン屋一行はグリフィンを捕獲するため、ローテフラウ登山に挑んでいるのだった。

「ったく、バロルのやつ気軽に言いやがって。捕まえるこっちの身にもなれっての」

冬の訪れを告げる吹き下ろしの風が、容赦なく体温を奪っていく。かじかむ手をこすりながら、ディオンは思わず恨み言を呟いていた。

「顧客の悪口は言っちゃダ・メ。それがマナーよ」

すかさずサンディにたしなめられる。サンディはこの寒さだというのに、露出度の高いボンテージスーツにフェイクファーのマントを軽く羽織っているだけだ。

「そんな格好で、よく風邪を引かないな」

「仕事中に風邪を引くような人間はプロとは言わない。そしてあたしはプロ。そういうこと」

サンディにはサンディなりの矜持《きょうじ》があるらしい。それはディオンも理解できる。冒険者免許を取り上げられたとはいえ、冒険者としての誇りを失ったことは一日もない。

「それに、この衣装に身を包むと生きてるって実感するのよ。寒さなんて感じないくらいに体が熱くなって、内側からとろけそうになるの」

サンディは瞳を潤ませ、たわわな胸を揺らして陶酔の表情を見せる。

「何を言っているのかわかりませんわ」

シローネが手を擦り合わせながら悪態をつく。恨めしそうな目でサンディの半露出された胸を見つめているのは気のせいではないだろう。

「腹が減ったなぁ」

ディオンは、最後尾のメイアにそれとなく訴えかける。

「せっかくお弁当を用意してきたのに、食べる場所がないですね」

メイアは残念そうに首を振る。宿を出る時、彼女はお手製のサンドイッチを用意していたのだが、山が険しすぎて休憩できる場所がなく、昼過ぎになっても何も口にできていない。

「コカトリスの柔らかサラミサンド、みんなに食べてほしいのになぁ」

「メイア、よそ見をしないでくださいませ。ピクニック気分でいると怪我しますわよ！」

シローネの矛先が、今度はメイアに向けられる。

途端に、メイアの背筋がピンと伸びた。

「ごめん。シローネの言う通りだね。ちょっと気が散ってた。反省します」

「わかってくれればよいのですわ」

「じゃあ、早く仕事を終わらせて、ランチはその後だね！」

メイアはすぐに気持ちを切り替えると、元気よく登頂を再開する。

ディオンは、本当は朝からメイアのサンドイッチを楽しみにしていたのだが、さすがにこれ以上は催促できなくなった。内心がっかりしながら仕事を片付けることに意識を集中し、先頭を行くサンディに声をかける。

「それで、グリフィンはどこにいるんだ？」

「あと少し。この尾根を登り切ったあたりに捕獲に格好の場所があるわ」

サンディは、調教師だけあってモンスターの生態に詳しい。グリフィンを捕まえろというバロルの無理難題にも、あっさりと道案内を買って出たほどだ。

しばらくすると、わずかばかり開けた場所に出た。前方に頂上へと続く絶壁が控え、地面には茶色い鳥の羽が散らばっている。

サンディは、立ち止まって羽根を拾い上げると匂いを嗅ぐ。

「グリフィンちゃんのものよ。間違いない」

「ってことは、このあたりに潜んでいるのか？」

「グリフィンちゃんは、寒くなると冬ごもりのために岩陰に身を隠す。直接風の当たらない、こうした場所がお気に入り」

言われてみれば、岩崖沿いのこの場所は翼を休めるには絶好だ。

「みんな、あたりを警戒しろ」

いつでも剣を引き抜けるよう鞘に手を掛けながら、ディオンは油断なく周囲を見回す。

しかし、サンディはそれを見咎める。

「そうだ。言い忘れていたけれど、剣は使っちゃダ・メ」

「なんだって!?」

「グリフィンちゃんを捕まえるのが目的なんだから当たり前でしょ。傷つけたり殺してしまっては元も子もないし」

「そういうことは先に言ってくれよ」

(剣を使わないで、グリフィン相手にどうしろっていうんだ!?)

ディオンは頭を抱え込んだ。

「そっか。サンディがなんとかしてくれるんだよな。なんたってモンスター調教師なんだし」

「あたしの仕事はモンスターの調教であって、捕まえるのは専門外。なんのために君を連れてきたと思ってるの」

ディオンが振り返ると、いつの間にかメイアはシローネに手を引かれて安全そうな岩陰に待避していた。シローネが両手を口に当てて叫んでくる。

「メイアはわたくしが見ていますから、安心してサンディの指示に従いなさいませ！」

「やっぱり俺が捕まえるのか……」

「君だってプロの冒険者でしょ？　おっと、元プロか」

サンディが口元に意味ありげな笑みを浮かべながら、ディオンを覗き込んでくる。

さすがはサンディ。挑発してくれるじゃないか。しかしそれは、逆に言えば一流の冒険者として認めてくれているということだ。だったら引く道理はない。

「ディオーン、頑張ってくださいね――――！」

メイアが、手を大きく頭の上で振っている。

「ほら、メイアも応援してくれてるわよ」

「だよな」

ここはメイアにいいところを見せる格好の場面だ。後には引けない。

ディオンは、メイアに手を振り返してから、きりっとした顔でサンディに尋ねる。

「で、俺は何をすればいいんだ？」

「いいわその顔。ス・テ・キ」

サンディはウィンクをしながらディオンの手を取る。そして、ディオンの手の中に冷たくて硬いものを押し込んできた。

それは小さなガラス瓶だった。中には薄桃色の液体が入っている。

「グリフィンちゃん用に調合した睡眠剤。これをぶつければイチコロのはず」

「語尾の『はず』ってところが、微妙に信用ならないんだが」

「一本しかないから、ここぞっていう時に使ってね」

サンディは投げキッスをすると、足早にディオンから遠ざかっていく。

「なんで距離を取るんだよ！」

メイアたちのいる岩陰に移動したサンディが、「静かに」っというように唇に人差し指を当てる。それから弧を描くように、指を空へと動かした。誘われるようにディオンも顔を上げる。

青い空を背景に、黒い点がぽつんと見えた。かと思うと、見る間に大きくなってくる。耳障りな羽音が近づいてきて、ディオンの頭上がさっと陰った。

「グリフィン！」

いきなりの遭遇。かなりでかい。

ねぐらに戻ってきたグリフィンは、そこに見慣れぬ生き物を発見した。相手の実力を測るかのように、ディオンの頭上を旋回する。

反射的に剣を引き抜きかけたディオンだったが、サンディの言葉を反芻《はんすう》して思いとどまる。

『剣は使っちゃダ・メ』

「つまり、こいつを使うしかないってことか」

睡眠剤入りのガラス瓶を握りしめる。

しかし相手は空にいる。ここから投げても届かない。

「降りてきたところを狙うしかない」

ひとつ息を吐き出すと、グリフィンに背を向けて走り出す。もちろんメイアたちのいる岩陰とは反対側へだ。

その動きを見て、グリフィンは獲物が怯えて逃げ出したのだと思ったらしい。間髪を入れず急降下。前脚の爪を伸ばしてディオンの背中に躍りかかる。

その寸前、ディオンは横っ飛びで回避する。

冒険者としての経験が物を言った。モンスターを直接見なくても、気配で距離がわかるのだ。

ディオンを捕まえ損ねたグリフィンは、前脚で大地を掻きむしるように着地した。グエエッと、不愉快そうな奇声を上げる。

ディオンはすぐさま立ち上がる。あえて隙を作り、グリフィンをおびき寄せてから睡眠剤を叩きつける作戦だった。

しかし、それを見透かしたようにグリフィンは翼を広げると、ディオンに突風を叩きつけてくる。砂粒混じりの風に視界が塞がれたと思ったとたんに激痛が走る。

左の肘のあたりに、グリフィンの羽根が突き刺さっていた。グリフィンは自分の羽根を手裏剣のように飛ばせるのだ。

落としそうになったガラス瓶を握りしめ、近くの岩場に身を隠す。

痺れるような腕の痛みに耐えながら、歯を食いしばって肘に突き立った羽根を抜く。素早く包帯で止血をしつつ、ディオンは叫んだ。

「サンディ、やっぱり剣を使わなけりゃ無理だ！」

返事はない。

「おい、聞いてんのか!?」

岩場を確認したが、メイアとシローネが身を伏せているだけで、サンディの姿は見えない。

（いったいどこに行ったんだ？）

しかし、これ以上サンディを捜している時間はない。グリフィンは空へと舞い上がり、もう一度狙いを定めて急降下してくる。

「うおっ！」

心臓が縮む思いで後方に跳躍すると、一拍遅れてグリフィンがディオンの隠れていた岩に体当たりしてきた。硬い岩も、その巨体にひとたまりもなく粉々になる。

自在に空を飛べるグリフィンに死角はない。思っていた以上に強敵だった。

迷宮で遭遇した時は天井が低かったため、三次元的な攻撃を受けることはなかった。だから無事に撤退できたのだ。しかしここでは自由に空を飛べるので、睡眠剤を投げつけてもたやすく避けられてしまうだろう。

「腹をくくるしかなさそうだな」

上着を一気に全部脱ぐと、左腕に何重にも巻きつける。もう一方の手には、しっかりと睡眠剤入りのガラス瓶を握りしめる。

グエエエッ。

グリフィンが喉を震わせて鳴く。その目には明確な殺意が宿っていた。

ディオンはひるむことなく睨み返す。少しでも恐怖を感じると、相手はそれを察知して襲ってくる。モンスター相手に弱みを見せるのは禁物だった。

対峙しつつ、間合いを計る。

グリフィンまでは二十歩の距離。一気に距離を詰めるには少し遠い。

（どうする？）

一瞬のためらい。そこを突かれた。

グリフィンが先に動く。ディオンにとっては遠くても、グリフィンにはたった数歩の距離だった。たくましい四肢を躍動させながら突進してくる。

（しまった！）

反応が遅れる。もう逃げられない。駄目かと思ったその時、どこからか空気を切り裂く音がした。グリフィンの鋭敏な聴覚がそれを捉え、ほんのわずかに速度が緩む。

その瞬間を見逃さなかった。

ディオンは頭を低く下げつつ身をかわし、グリフィンの懐《ふところ》に潜り込む。

グリフィンはせわしなく首を動かしつつ、怒りに燃えた目をディオンに向ける。奇声を上げつつ、前脚を大きく振りかぶった。

上着を巻きつけた腕を伸ばして、その攻撃をガードする。グリフィンの爪が左腕に食い込む。

鋭い爪で布地はたやすく切り裂かれたが、何重にも巻きつけていたおかげで浅手で済んだ。

「いまだっ！」

動きを止めたグリフィンめがけて睡眠剤を叩きつける。

ガラス瓶が割れ、薄桃色の煙が吹き出す。

煙に包まれたと思ったとたん、ディオンは何もわからなくなった。


「……うう」

意識を取り戻すと、まぶしい光が目に飛び込んできた。

「よかった。生きてた」

頭の上で声がする。サンディの声だ。

どうやら地面に横たわっているらしい。それにしては変だ。後頭部は柔らかくて温かいものに包まれている。なんだかひどく寝心地がいい。

こんな枕なんてあったっけ？　寝返りを打とうとすると、頭の下が小刻みに揺れる。

「くすぐったいなぁ。暴れちゃダ・メ」

「ん？」

ようやく意識がはっきりしてきた。

そうだ。俺はグリフィンと戦って、睡眠剤を投げつけたんだ。そして……なぜかサンディに膝枕をされている。

柔らかいのは彼女の太腿だった。

びっくりして起き上がろうとすると、サンディに優しく押し戻される。

「睡眠剤、ちょっと効果が強すぎたみたい。まだ横になっていた方がいいわ」

「ディオン、よかった」

メイアとシローネも傍にいた。メイアは目に涙を浮かべている。

「ひょっとして、大怪我したんじゃないかと思って怖かったです」

「平気平気。『俺はこれくらいじゃ死なないから』」

「……なんでサンディが勝手に俺の気持ちを代弁するんだよ！」

「でも、そう思ってるんでしょ？」

「まあな」

メイアの前でいつまでもサンディに膝枕をされていると気まずいので、ディオンはふらつきながらも立ち上がる。

「大丈夫ですか？」

メイアが駆け寄って優しく背中を支えてくれた。ひとりでも立っていられる気もするが、ここは彼女の心遣いを受けることにする。

「メイア、あんまり甘やかさない方がいいですわ。優しくするとつけあがるタイプですから」

「でも、だいぶ疲れているみたいだし」

「そうだ。俺は疲れてるんだ」

「本当ですの？」

疑り深そうな目で睨むシローネから視線をそらす。

「ところで、グリフィンはどうなった？」

「あそこで寝ています」

メイアが指差した先には、夏バテした猫のようにグリフィンが地面に寝そべっていた。目は閉じられ、規則正しい寝息が聞こえてくる。

「君のおかげで捕獲できたわ。さすがはディオンね」

サンディは髪をかき上げながら、両手をディオンの頬に当ててきた。

「わ、よせって！」

サンディがそのままディオンの額に唇を近づけてきたので、慌てて飛びすさる。

それを見たシローネが、それ見たことかとばかりに頬を膨らませた。

「やっぱりひとりで歩けるじゃないですか。油断も隙もないですわ。メイア、金輪際ディオンの言うことを信じてはいけませんわよ。どんな下心を抱いているかしれませんもの」

「メイアに変なことを吹き込むのはやめろ。そんなこと思っているわけないだろ！」

「鼻の下を伸ばしたままでは説得力がないですわよ」

「え!?」

反射的にディオンが鼻に手をやると、シローネはぷっと噴き出す。

「冗談ですわ」

「おい！」

「それにしても、サンディが助けてくれてよかったですわね」

グリフィンが襲いかかってきて絶体絶命のその瞬間、横からサンディが鞭をふるってくれたのだ。風切り音にグリフィンの注意が引きつけられたおかげで、なんとか窮地を脱せられた。

「そういえば礼を言うのがまだだったな。助かったよサンディ」

「あたしも少しは役に立たないと、モンスター調教師としての名折れだから。でも、どうせ逃げやがったとか思ってたんでしょ？」

「そそそ、そんなことないぞ」

ディオンの額に、じんわりと汗が浮かんできた。

「ほんと、君ってわかりやすいわね。でも、そういうところは嫌いじゃないかも。メイアが気になるのもわかるなぁ」

「メイアが？」

「君といると安心するんだって。ね、メイア？」

「そそそ、そんなこと言ってないですよ！」

突然話を振られたメイアが、ディオンと同じようにうろたえる。

「で、あいつはどうするんだ？」

ディオンは、眠っているグリフィンに顎をしゃくる。

「モンスターを専門に運ぶ業者があるの。事前に連絡しておいたから、このまま放って帰っても、ちゃんとバロル氏の屋敷まで運んでくれるから心配ないわ」

「いろんな仕事があるんだな」

冒険者だった頃は想像もしなかったが、迷宮造りには迷宮設計士だけでなく、他にもたくさんの人間が関わっていることをようやく知った。

図面通りにダンジョンを掘り進める職人や、モンスターを飼い慣らす調教師、アイテムを作る銀細工師や薬剤師、彫刻家といった様々な人々の努力の集大成がダンジョンなのだ。

広い意味では、冒険者に宿や食事を提供する店や、装備を調えるための武器屋なんかも当てはまるだろう。

「迷宮なくして、この国の経営は成り立たないって言われてるしね」

「まさに王国の一大産業ってわけか……はっくしょん！」

ディオンは盛大にくしゃみをする。

日は沈みかけ、気温が急速に下がっていた。灰色の雲も迫ってきている。この分だと、今夜は初雪が降るかもしれない。

「うう、さみぃ」

上半身裸なのだから当然だった。

「きゃっ！」

メイアが今さら気づいたように顔を赤くする。両手で目を覆うと、そそくさとサンディの後ろに隠れた。

「早く服を着てください。恥ずかしいです〜」

「メイアのそういうところ、他の女だったら絶対蹴り飛ばしてるのに、なぜか許せてしまうのは人徳ですわね」

シローネはため息をつき、ディオンはくしゃみを連発しながら困惑する。

「そんなこと言われても、着替えなんて持ってきてないぞ」

「あたしの服、予備があるから貸してあげよっか？」

「遠慮しておく」

ディオンはサンディの申し出を全力で断る。自分のボンテージスーツ姿なんて悪夢以外の何物でもないし、メイアの前でそんなものを着たら心が折れる自信がある。

「早く下山しよう。それが一番だ」

くしゃみを連発しながら足早に身を翻《ひるがえ》す。

こうして、ディオンは風邪と引き替えに第二の依頼を達成した。

ちなみに、メイアのサンドウィッチは宿に戻ってからみんなで美味しくいただいた。あまりのうまさに食べ過ぎて、ベッドから動けなくなったのもいい思い出となった。

エルゼンがダンジョン屋にやってきたのは、山から帰った数日後のことだった。

「やあ。元気そうだねぇ、使用人君」

ノックもせずに店に入ってくると、気安げにディオンに話しかけてくる。

「そう見えるなんて、よっぽど観察力がないんだな」

鼻をかみながら仏頂面で応対する。ゴミ箱には丸められた鼻紙が山盛りになっていた。それが視界に入らないとは、どこに目をつけているのだろうか。

「ローテフラウで拾った風邪が、やっと治り始めたところでね」

「へえ。そうなのかい。バカは……おっと失礼。冒険者は風邪を引かないと聞いたけど、キミは希有《けう》な例外のようだ」

こいつ、喧嘩を売ってるのか？

会うたびに、いちいちイラっとさせる。今日もエルゼンは一分の隙もない格好をしているが、その衣装は金がかかってそうなわりには安っぽく見えた。

きっと人間が安っぽいからに違いない。ディオンはそう結論づけた。

「メイア君はいないのかい？」

「今日は外回りだ。夜まで戻らないって言ってたな」

「なるほど。キミは留守番というわけか」

事務所にはディオンひとりきりだった。シローネは帳簿を持って銀行に向かい、サンディはグリフィンをしつけるべくダンジョン屋の裏手にある雑木林に行っている。

「失礼するよ」

エルゼンは、勝手に来客用の椅子に腰掛ける。わざわざハンカチを取り出して椅子の上に敷くのが気に障った。

（今朝、掃除したばっかりだぞ）

思わず舌打ちしてしまう。サンディがケルベロスを連れていかなかったら、首輪を外してけしかけてやるところだ。

「メイアはいないって言ってるんだ。明日また出直してこい。二度と来なくても、こっちはちっとも構わないけどな」

「メイア君は関係ない。今日はキミに話があるんだ」

「俺に？」

自然と剣の柄に手をやっていた。

ぽっぽ亭のいざこざを根に持って、決闘を申し込みに来たんじゃないだろうな。

緊張するディオンに、エルゼンは軽薄な笑顔を向ける。

「グリフィンを捕まえたらしいね。亡霊を説得したり、それなりに活躍してるじゃないか」

クレオのことも耳に入っているようだ。

「しかも、迷宮設計士の初級仮免許を取得したそうじゃないか」

「メイアたちが頑張っている姿を見て、少しでも力になりたいと思って試験を受けたんだよ。今、俺ができるのはそれくらいだからな」

「ふぅん。これまではただの使用人だったキミも、曲がりなりにも最低限の仕事はできる身分になったわけだ。慢性人手不足のダンジョン屋も大助かりだろう。優秀な人材というものは、思いもかけないところから現れるものだ。ぽっぽ亭の一件で、それを思い知らされた。ボクにとってもいい勉強になったよ」

　エルゼンは、メイアの机の上にあった万華鏡をひょいと取り上げると、くるくる回す。

「これはなかなか面白いね。しょせん子供向きだが」

「それはメイアのだ。勝手に触るな！」

　思わずディオンは叫んでいた。

　今朝、掃除をしている時にふと気になって万華鏡についてメイアに尋ねたのだ。いつも整頓されている机の上で、それだけが仕事に関係ない物なので気になっていた。

　するとメイアは、この万華鏡は父の形見なのだと教えてくれた。

　仕事に夢中になりすぎて、家のことを母に任せきりだった父親が、誕生日に唯一買ってくれた品。とても大切な物なので、いつでも父親を思い出せるように飾っているのだと、メイアは言った。

　ダンジョン屋に来た初日、そんな思い出の品を考えなしにいじってしまったことを反省していたディオンは、自分に対するのと同じくらいの怒りを覚えた。

　空気の読めないエルゼンは、何を怒っているのやらと肩をすくめて万華鏡を置く。

「ところで、キミは今の待遇に不満はないかい？　才能を十分に発揮できないとか、給料が安すぎて困っているとか。ダンジョン屋はいい会社だけど、経営に若干の難があることはキミだって感じ取っているだろう？」

　いらいらするディオンにお構いなしに、エルゼンは自分のペースで話を進める。

「そんなキミに朗報だ。我がティンクル・ラビリンスはぜひともキミを雇いたい。給金はここの五倍だそう」

「——っ!?」

「失礼ながらキミの経済状態を調べさせてもらったよ。王立ダンジョンを破壊した件で、ダンジョン協会に多額の弁償金を自主的に払っているそうだね。その心がけは立派だが、ここの給金では雀の涙だ。一生かかったって払いきれまい」

エルゼンは椅子から立ち上がると、両手を広げて近づいてきた。

「我が社に移籍すれば、その苦労から解放されると約束しよう。悪い話ではないはずだ」

「……何が狙いだ？　どうしてそこまで俺の面倒を見る？」

「もちろんキミの才能を高く評価しているからさ。ぽっぽ亭の迷宮テント。バロル男爵の迷宮。新人とも思えない活躍ぶりに、ボクは感銘を受けたんだ。キミが入社してくれたら、ますますティンクル・ラビリンスは発展する。キミもボクと一緒に働かないか？」

ディオンは苦い顔をする。せっかく話を聞いてやったのに時間の無駄だった。なんでエルゼンなんかと一緒に働かなきゃいけないのか。冗談にしても出来が悪すぎる。

返事をするのもばからしくて黙っていると、エルゼンはきざったらしく櫛で髪をなでつける。

「給金が不満なのかい？　ならダンジョン屋の八倍出そう」

「断る」

「十倍では？」

「なんと言われたって、俺の気持ちは変わらない」

「キミは、こんな店なんかでくすぶっているにはもったいない人材だ。考え直さないかい？」

「こんな店なんか、だと」

思わず拳《こぶし》を握りしめる。

使用人呼ばわりされるのはまだ我慢できるが、ダンジョン屋の悪口だけは聞き流せない。

エルゼンを殴り飛ばすべく足を踏み出しかけたが、メイアの顔が脳裏をよぎった。ここでライバル会社の人間を殴ったりしたら、きっと迷惑がかかってしまう。

そう思い、血が滲むほど唇を噛みしめて我慢する。

「話は終わりだ。他に用がないのなら帰ってくれ。俺は忙しいんだ」

それでも黙ってはいられずに、エルゼンが座っていた椅子を指し示す。

「椅子が汚れちまった。掃除をしないとシローネがうるさいからな」

「ボクが汚れているとでも言いたいのか？」

「少なくとも腹の中は真っ黒だろ」

「な、なんという暴言」

薄っぺらい笑顔を張りつけていたエルゼンの顔が初めて歪《ゆが》んだ。こめかみに血管を浮かび上がらせ、唇がみるみる蒼白になる。

エルゼンは呼吸困難になったかのように、よろめきながら机に手をついた。

「こんな屈辱は初めてだ。今すぐ取り消したまえ。そうすれば穏便に済ませてやる」

「本当のことを言ったまでだ。一言だって取り消すものか！」

「そうか。わかった」

胸を押さえて荒い息を吐き出しつつ、エルゼンはディオンを睨みつける。

「ディオン・ファンデル、その名は忘れないぞ。バカなやつだ。ウチに入社したら警備隊に掛け合って、冒険者免許の再交付をしてもらうよう取りはからってやるつもりだったのに」

「なん……だと!?」

「だが、ボクを怒らせたからには永久に冒険者には戻れない。悔やんでも後の祭りだ！」

言い捨てると、エルゼンは身を翻《ひるがえ》して事務所を出て行く。

ダンジョン屋の外で、乱暴に壁を蹴飛ばす音が聞こえてきた。

野良猫が悲鳴を上げる声を耳にしながら、ディオンは椅子にへたり込む。

腰に帯びた剣を見つめながら、エルゼンの捨て台詞が頭の中を駆け巡った。

「俺は冒険者に戻れない？　永久に……」

免許は取り上げられても、いつかは冒険者に復帰する。そんなかすかな希望だけは捨てていなかった。

しかし、その夢は完全に断ち切られた。

エルゼンの話を受ければよかったのか？　いや、あんなやつの話は信用できない。そんなのわかりきっている。だけどひょっとしたら。何を考えているんだ俺は。メイアたちのために頑張るって誓ったじゃないか……

堂々巡りの思考が繰り返される。黄昏色に包まれて時の止まったような事務所の中で、ディオンはぽつんといつまでも座り込んでいた。

ダンジョン屋の一日は忙しい。

迷宮製作関連の業者がせわしなく出入りしてはメイアとひっきりなしに打ち合わせをし、シローネはそろばんを弾きまくり、サンディはモンスターの餌の買い出しに行っている。

ディオンは書類と格闘していた。

「うーむ。ダンジョン査察申請書ってのはどう書くんだ？」

迷宮設計士が造ったダンジョンは、一般公開前に迷宮鑑査院のチェックを受けねばならない。ダンジョンの見取り図、配置しているモンスターや罠の数と種類、アイテムの額など無数の項目を埋めた規定の書類を提出する義務があるのだ。

迷宮鑑査院は申請された書類の内容を鑑みて、ダンジョンレベルを認定する。S、A、B、Cの四段階に分かれており、それぞれ冒険者免許のレベルに対応している。

駆け出しはCクラスの迷宮にしか入れないが、ディオンは最高難度のSクラス迷宮まで潜入が認められていた。三ヶ月前までは。

「個人用の迷宮は、書類の提出は任意って話だったろ。わざわざ書く必要あるのか？」

隣の机のシローネに声をかける。

「ウチは、どんなことも手を抜かない会社なのですわ。そうして信用を築き上げてきたんですもの。それより手の方がお留守ですわよ。提出期限は明日までだってこと、まさか忘れてはいませんわよね？」

「お、おう。もちろんわかってるって」

「頑張ってますね。少し休んでください」

メイアがお茶を淹《い》れてくれる。

「濃いめのグリーンティーです。疲れが取れますよ」

「悪いな。社長にお茶を淹《い》れてもらって」

「いいんです。好きでやっていることですから」

本当は俺がやるよと言いたいところだが、ディオンの淹《い》れるお茶は超絶まずいのでティーポットに触れることさえシローネに禁止されている。

「それから今日は、お待ちかねの日ですよ」

メイアは、ささやかな悪戯を企む五歳くらいの女の子のような顔をする。後ろ手に隠していた革袋を差し出した。

「今月もお疲れさまでした」

革袋が机に置かれると、中でチャリンと音がした。

「そっか、今日は給料日か！　すっかり忘れてた」

いくら仕事が忙しいとはいえ、給料日を忘れるなんて不覚極まる。袋の口を縛っていた紐をほどいて逆さにすると、ざらっと銀貨と銅貨がこぼれ出た。

「金貨もあるぞ、すげぇ！」

「ぽっぽ亭で頑張ってくれたので、ささやかですがボーナスです」

金貨一枚あれば一月《ひとつき》は食っていける。表面に刻まれている王女の横顔がウインクしたように
ディオンには思えた。

「ありがたいありがたい」

給料袋に両手を合わせていると、メイアが声を上げてくすくすと笑った。

「なんだよ。そんなにおかしかったか？」

「最近元気がなさそうだったから、ちょっと心配していたんです」

「……ああ」

ディオンの表情が陰る。

エルゼンとの一件が尾を引いていた。ティンクル・ラビリンスへの転職の誘いを蹴ったこと
は微塵《みじん》も後悔していないが、冒険者免許の話はいまだに整理がつかないでいる。

エルゼンの言うことを聞いていれば冒険者に復帰できたのにと思ってしまう自分自身に腹が
立つのだ。それはダンジョン屋に誘ってくれたメイアへの裏切りであり、一瞬でも心が揺らい
だことが許せなかった。

この件はまだ誰にも話していないが、メイアだけは薄々察していたのかもしれない。いずれ
にせよ、余計な気づかいをさせてしまったことを申し訳なく思う。

「なんでもないさ。俺は給料さえもらえれば、どんな悩みも吹っ飛ぶ単純なやつだし」

「ならいいんですけど」

「そうだ。今日のメシは俺が奢るよ。なんでも好きなものを注文してくれ」

「カトブレパスの特上丼でよろしくですわ」

待ちかねたようにシローネが口を挟んでくる。

「シローネには言ってない」

「ケチくさいことを言うものではないですわ。でも、その前に」

ディオンのところにやってきたシローネは、机の上の硬貨を選《え》り分け始める。いくつかの山にまとめると、それをひとつずつ指差した。

「これが今月のお家賃。こっちが光熱費、これが保険料、それからこれが先日ディオンが壊したドアの取っ手の修繕《しゅうぜん》代ですわ」

ディオンの努力の結晶が、見る間にシローネにさらわれていく。

「ああっ！　俺の給料が魔女に奪われる！」

「人聞きの悪いことを言わないでくださいます？　これが今月の給料明細ですわ。気がすむまで確認すればよろしくてよ」

ハリセンよろしくシローネに給料明細を叩きつけられる。結局、ディオンの手元には金貨一枚の他はほとんど残らなかった。

「どうせなら先に経費はさっ引いておいてくれればいいのに。これじゃぬか喜びじゃないか」

メイアに恨みがましい目を向ける。

「お金のことはシローネに任せてるので、あとはふたりで相談してください」

メイアは、あははと頭のうしろを撫でながら、じりじりと後退していく。

「毎月のことなんだから、いいかげん慣れることですわ」

シローネが、ディオンから奪った硬貨を金庫にしまいこむ。

「ところで、今日は奢りと言ったさっきの言葉、今さら取り消したりしませんわよね？　やっぱりぽっぽ亭の双頭蛇ステーキ、それともギルマンハウスの海鮮舟盛りか、どっちも魅力的で悩みますわ」

「カトブレパス丼の並で勘弁してくれ」

「そんな安い食べ物でごまかそうったって駄目ですわ。あ、でもサンディは野菜しか食べないから、レティシア亭のマンドラゴラフォンデュで勘弁してあげます」

「なんでいつの間にかサンディにも奢ることになってるんだ？」

「何をケチくさいこと言ってるんですの。ダンジョン屋は一心同体。いつだってみんな一緒ですわ」

ディオンに迫るシローネを、メイアがとりなす。

「じゃあ、サンディが帰ってきたらみんなでご飯に行きましょう。ささやかですが、わたしもご飯代を持ちますから」

「なんて優しい。やっぱりメイアは天使だ」

ディオンはメイアを伏し拝む。たちまちメイアの顔が真っ赤になった。

「や、やめてください。恥ずかしいです」

そんな和《なご》やかな空気を切り裂くように、事務所の扉が乱暴に開けられる。

飛び込んできたのはサンディだった。

「大変よ！　バロルの屋敷がもぬけの殻になってる！」

「なんだって!?」

「屋敷の中に入ってみたけど誰もいない。家財道具もなくなっている」

「どういうことだよ！」

ディオンの血の気がさっと引いた。

「夜逃げしたのよ。間違いない」

(嘘だろ!?)

視界が急速に暗くなる。サンディがまだ何か叫んでいるが、もはや意味のある言語として聞き取れない。

ディオンの耳には、自分の足下が崩れ落ちていくような音ばかりが聞こえていた。


バロルの屋敷に駆けつけると、サンディの言ったとおりだった。

大勢のメイドが出迎えてくれた玄関前には誰もいない。枯れ葉が石畳の上を舞うばかりだ。

玄関扉は大きく開け放たれている。廊下の絨毯《じゅうたん》には靴跡が無数についており、並べられていた調度品はなくなっていた。

「バロル！」

ディオンの叫びが、廊下にむなしくこだまする。

応接室に駆け込むとそこもがらんどうになっており、迷宮の設計図だけがテーブルにぽつんと残されていた。

「やっぱり、夜逃げしたっていうのは本当みたいですわね」

「そんな、バカな！」

ディオンは、設計図をくしゃくしゃに丸めて崩れ落ちる。

(あと少しで完成だったのに、どうしてこんなことになったんだ？)

「家族総出で、どこかにお出かけしてるとか」

「メイア、それはいくらなんでも現実逃避ってものだわ。これを見て」

邸内を探索していたサンディが、何か抱えてやってきた。いかにも値打ちがありそうに見える翡翠の花瓶だ。

「物置を調べていて見つけたの。ここに紙が貼ってあるでしょ」

確かに赤い紙が貼ってある。

「『ティンクル金融。無断持ち出し禁止』!?」

「めぼしい家具とか彫刻品には、全部貼ってあったわ」

「どうやら、悪い噂は本当だったみたいですわね」

シローネが、眼鏡のレンズを光らせる。

「悪い噂ってなんだよ」

ディオンは、自分の声が不吉な予感にうわずっているのを自覚した。

「つい最近、バロルが無茶な投資をしたっていう噂ですわ。はっきりとした確証は掴んでいなかったので、みんなには黙っていたのですが……」

「それで本人は夜逃げして、資産は金融会社に差し押さえられたってわけか？」

「そんなところですわね。持ち出せるものだけはなんとかかき集めて逃げたバロルの慌てっぷりが目に浮かびますわ」

シローネは、眉間に皺を寄せると冷たく言い放つ。

「才能もないくせに行き当たりばったりな資産運用をして、その挙げ句首が回らなくなって夜逃げする。わたくしの一番嫌いなタイプですわ」

「そのとばっちりが、もろにこっちにきちゃったわね。あれだけ景気のいいことを言っておいてこの不始末。今度会ったらただじゃおかない」

さすがにサンディも気持ちの整理がつかないらしく、両端を握った鞭を弓なりにしならせている。

ディオンは、差し押さえ品に貼られた紙に記された会社名を見て、ふと気がついた。

「このティンクル金融って、なんか聞き覚えがあるんだけど、ひょっとして」

「ティンクル・ラビリンスの系列会社です」

さすがに沈んだ表情のメイアが教えてくれた。

「ティンクルカンパニーは迷宮設計だけでなく、金融、不動産、貿易業、さらには警備会社まで傘下に収めている大企業なんです」

「ティンクル金融は、違法すれすれの悪徳会社ですわ。少しでも返済が滞ると容赦なく資産を差し押さえることで悪名を轟かせています」

シローネが心底嫌そうな顔をする。経理担当として良心的な会社経営をモットーとしている彼女から見ると、許すまじき悪党なのだろう。

「バロルさんも、きっとなにかやむにやまれぬ事情があったんですよ」

「メイア、あなたのそういうところは好きですけれど、もはやバロルの事情なんてどうでもいいのですわ。問題なのはこの状況です。これだけ差し押さえられているということは、おそらくバロルの預金は、一ギルダーも残ってないでしょう」

「ちょっと待ってくれ。それって、あいつを捕まえても意味がないってことか？　迷宮代は前金しか支払われていないんだぞ。このまま踏み倒されたらダンジョン屋は大損害だ」

ダンジョン屋の経営が苦しいことは、ディオンも身に染みて理解している。これからどうなってしまうのだろう。

「まずいことになったわね」

窓の外を覗いていたサンディが振り返った。

「うちで雇った人たちが押しかけてきてるわ。こういう噂は広がるのが早いから」

ディオンも外を見ると、銀細工師や彫刻家、鍛冶職人、罠師など十数人が集まっていた。

彼らは皆、ダンジョン屋が雇った人たちだ。彼らの給金の支払いはどうなるのか。もし払えなかったその時は、ダンジョン屋は信用を失うだろう。

倒産の二文字がちらついて、ディオンは頭を抱え込む。

俺のせいだ。俺がバロルなんかの口車に乗ったからこんなことになったんだ。

「どうするの、メイア？」

サンディの問いかけが耳に痛い。

「とにかくみんなに説明しないと。わたし、行ってきます」

メイアが駆け出していく。

「何をぐずぐずしているんですの？　貴方も行くんですわよ！」

シローネに尻を叩かれて、ディオンはのろのろと動き出す。

「あ、ああ」

生返事をしながら、ディオンの頭の中は後悔で溢れんばかりだった。


ディオンが屋敷の前に出ると、すでにメイアは集まってきた男たちに取り囲まれていて、異様な雰囲気が漂っていた。

「顧客が夜逃げしたって聞いたんじゃが、代金はちゃんと払ってくれるんじゃろうな？」

「ウチも社員に給料を払わにゃならん。ウチのような下請けは毎月カツカツなんだ」

「メイア嬢ちゃん、俺はダンジョン屋の看板を信用したから仕事を受けたんだ。それがこんな騒ぎになるなんて、こっちはとんだ迷惑だ」

口々に苦情を言い立てる男たちに、メイアは深々と頭を下げる。

「このたびはご迷惑をおかけして申し訳ありません」

「謝ってすむ問題じゃないんだぞ！」

メイアが銀細工師のドンネに怒鳴られたのを見て、ディオンは我慢できずに割って入った。

「メイアは悪くない！　全部俺の責任なんだ！」

「なんだおまえは？　俺は社長と話をしてるんだ」

ドンネに乱暴に突き飛ばされる。

「何をするんだ！」

「ストップ、ディオン」

ドンネに食ってかかろうとしたディオンだったが、サンディに腕を掴まれる。振りほどこうとしてもがっちりと手首を握られてびくともしない。

「離してくれ。これは俺の責任だ。俺があいつらと話をつける」

「ここはメイアに任せるしかないわ。キミが出ていっても、なんの役にも立たない」

「だけど」

「皆さん、申し訳ありません」

メイアは頭を下げ続けている。その姿を見ていると、胸が引き裂かれるような痛みを感じた。

「ですが、どうかご心配なく。お金は期日通りきちんとお支払いします」

「本当だろうな？」

「ダンジョン屋の名誉にかけて」

メイアは謝るべきことは謝りつつ、自分よりも遙かに年上の男たちを前にして一歩も引かない。その気迫に押されたのか、まとめ役の老鍛冶屋がゆっくりとうなずく。

「よかろう。そこまで言うなら信じよう。引き上げるぞ、皆の衆」

「いいのかよロコじいさん。あんたんとこだって孫が生まれて家計が苦しいんじゃないか？」

「帰るといったら帰るんじゃ！」

不満そうなドンネを、ロコじいさんは一喝する。

「ダンジョン屋には恩義がある。若造だったわしの作品を、いの一番に評価してくれたのがダンジョン屋の先代じゃ。メイアさんや、わしはおぬしを信じるぞい」

「ありがとうございます」

メイアは、ロコじいさんたちの姿が見えなくなるまで頭を下げていた。

「で、これからどうするつもり？」

ディオンを離したサンディに、顔を上げたメイアが答える。

「とにかく、いったんダンジョン屋に帰りましょう。きっと事務所にも人が押しかけていると思います」

「俺がこんな仕事を持ち込まなければよかったんだ。迷惑をかけて本当にすまない」

「ディオンは悪くありません」

メイアはいつもと変わらない笑顔を見せると、そっとディオンの背中に手を置く。

「ダンジョン屋のために頑張ってくれて、いつも感謝しています。ありがとう」

「俺のせいなんだから、もっと怒ってくれよ！」

「ディオンは、怒られるようなことはしていませんよ」

「これからダンジョン屋はどうなるんだ？」

「何も心配いりません。状況は厳しいですけど、解決策はあります。見つけてみせます！」

メイアは自分の胸をぽんと叩く。きゅっと唇を噛みしめた表情からは、強い気持ちが滲み出ていた。

「そ、そうか」

メイアが言うのだから間違いないのだろう。正直なところほっとした。

しかし、その考えは甘かったのだ。希望の光などどこにも見えないことを、ディオンはダンジョン屋に戻って思い知ることになる。


メイアの予想通り、バロルの夜逃げを知った者たちはダンジョン屋にまで押しかけてきた。

「やっと帰ってくれたわ」

粘り強く応対していたサンディにも、疲労の色が浮かんでいる。

「人間は苦手。何度も同じことを言わせるんだもの。モンスターの方がよっぽど好き」

「ダンジョンの掘削代が五百万ギルダー、武器屋に支払うアイテムの合計が二百万ギルダー、銀細工師の装飾代が百万ギルダー……」

シローネは、ダンジョン製作に掛かった経費の計算を続けている。

「だめですわ。どう計算しても大赤字です。来月のわたくしたちの給料どころか、ロコじいさんたちに払うお金も足りません」

「でも、メイアは払うって約束したんだぞ」

「ない袖は振れないって言ってるんです。ウチの金庫はもう空っぽです。あーはっはっは！」

シローネは半泣きになりながら、やけくそ気味に請求書の束を放り投げる。それがひらひらとディオンたちの頭上に降り注いだ。

「シローネ、気を確かに。落ち着けって！」

「わたくしはいつだって冷静ですわ。冷静な計算式が、絶望の未来を導き出しているんです」

「グリちゃんも放してやらないと駄目かもね」

額に貼りついた請求書を剥がしながら、サンディがため息をつく。

「モンスターの餌代も馬鹿にならないし、グリフィンを飼っている余裕はないわ。ケル、ベル、ロス。君たちも明日からダイエットよ」

クゥーン。

ケルベロスは、しょんぼりとうなだれる。

「俺のせいだ。俺があんなやつを信用したばっかりにこんなことになったんだ」

「貴方のせいだけではありませんわ。男爵の投資状況をきちんと確認しなかった、わたくしにも責任があります。経理担当として恥ずかしくてたまらない。穴があったら入りたいですわ」

「君はダンジョン屋のためによかれと思ってしたのよね？　だったら気にすることないわ」

シローネもサンディも、ディオンを責めようとはしない。むしろ気遣ってくれさえする。

それがかえっていたたまれない。シローネに罵倒され、サンディに鞭で打たれた方がよっぽどましだ。

「そういえば、メイアはどこ行ったんだ？」

「外の空気を吸ってくるって言って、さっき出ていきましたわ。おおかた金策にでも行ったのでしょう」

ソロバンを手にしたシローネが、魂の抜けたような目を向ける。

「メイアはなんとかなるって言ってたけど……まさか借金をする気なのか？」

何かを決意したようなメイアの横顔が脳裏に浮かぶ。

「ウチにお金を貸してくれる銀行なんてなさそうですけど。とにかくティンクル金融だけは止めておけって釘を刺しておきましたわ」

「とりあえずお茶でも淹《い》れよっか？　出がらしだけど」

サンディが、ティーポットを片手に給湯室に向かう。

「のんきに茶を飲んでる場合じゃないだろ。俺、バロルを捜してくる。あいつをとっ捕まえて警備隊に突き出してやるんだ」

「とっくに街を出ていますわよ。それに見つけたところで資産は差し押さえられています。一ギルダーだって払ってもらえるか怪しいものですわ」

「だけど、じっとしていられないんだ！」

シローネが止めるのも聞かず、ディオンはダンジョン屋を飛び出した。

とはいえ、バロルの行方などあてがあるわけではない。無人と化した屋敷と商店街を一回りしただけで、もうどうしていいのかわからなくなる。

息が切れるまで走ってから、公園のベンチにへたりこんだ。

全身から汗が噴き出してくる。喉が渇いて死にそうだ。それでもディオンは水筒に口をつけようとはしなかった。

自分が招いた失敗の、これは罰だ。

もちろんこの程度で失敗が償えるなんて虫のいいことは思っていない。だけど、具体的にはどうしたらいいのだろう？

「……わからん」

ふらふらと立ち上がり、あてどもなく歩き出す。

どこをどう歩いたのか、気がつくと街の西地区へとやってきていた。このあたりは昔ながらの工房が立ち並ぶ職人街だ。鍛冶屋、鋳物屋、武器工房が肩を寄せ合うように軒を並べている。

そんな通りの奥を白い服の少女が歩いていた。遠目からでもメイアとわかる。

「何してるんだ？」

思わず街路樹の陰に身を潜めた。顔を合わせるのは気まずいが、黙ってこのまま通り過ぎる

 こともできない。

メイアはとある館の前を通り過ぎては戻りと、何度も往復を繰り返している。

そこは長屋のような建物が続くこの区画では群を抜いて大きな邸宅で、神殿のように白亜の大理石でできていた。屋根には金箔が貼られ、日の光を反射して燦然《さんぜん》と輝いている。

メイアは屋敷に視線を送りながら、顎に手をやって何やら考え込んでいる。

「誰の家なんだ？　あの悪趣味な造り……もしかして」

ディオンが隠れている横を馬車が通り過ぎ、その邸宅の前で止まる。

御者《ぎょしゃ》がうやうやしく馬車の扉を開けると、現れたのはエルゼンだった。

「やっぱりあいつか！」

メイアは、馬車を降りたエルゼンに気づいて会釈《えしゃく》をする。それに対してエルゼンは何か声をかけた。

「なんの話をしてるんだ？」

ここからでは遠すぎて聞こえない。かといって近づいたら丸見えだ。

じりじりしているうちに、エルゼンはメイアの肩を抱いて屋敷の中へと入っていった。

「あいつ！」

もう我慢できなかった。屋敷の前までダッシュで走る。

「なんだおまえは？」

槍を持った厳《いか》めしい顔の門番が、じろりとディオンを誰何《すいか》した。

「ここはエルゼン様のお屋敷だ。おまえごとき一般市民が来るようなところではない。それともエルゼン様とお会いする約束でもあるのか？」

「そんなものはない」

「ならばさっさと帰れ」

「今、白い服の子が来ただろう？　俺はダンジョン屋のディオン。彼女の関係者なんだ」

「それがどうした」

「だからここを通してくれ。彼女、メイアに話がある」

「おまえ、バカか？」

門番は哀れむようにディオンを見つめた。

「用があるなら客人が出てくるのを待てばいいだけの話だ。おまえのような怪しい輩《やから》を入れるわけにはいかん。痛い目にあう前に失せろ」

「それじゃ間に合わない！」

あれほどエルゼンを敬遠していたメイアが、自分からエルゼンの屋敷に足を運ぶなんて、どう考えても嫌な予感しかしない。

ここは強行突破するべきだろうか。その気になれば門番ごとき一ひねりだ。

しかし、ここで騒ぎを起こしてしまっては、かえってメイアの迷惑になりかねない。悩んでいると、風に乗ってどこからともなく声が聞こえてきた。

「――――さぁぁぁぁん。ディオンさぁぁぁぁん」

このか細い声は、一度聞いたら忘れられない。

あたりをうかがうと、エルゼンの屋敷と隣の家との境界にある細い路地の隙間から、亡霊のクレオが手招きしていた。

さりげなく門番から離れ、路地の陰に身を潜めるとクレオに囁く。

「おまえ、どこに行ってたんだ？　バロルの屋敷にいないから心配したんだぞ」

「誰もいなくなって寂しくなってぇぇぇぇ。街をウロウロしてましたぁぁぁぁ」

「……人恋しくなっちゃったんだな」

「私のことはいいんですぅぅぅ。それよりこの屋敷に入りたいんですかぁぁぁぁ？　だったらこっちに抜け穴がありますぅぅぅぅ」

クレオに案内され、肩をぶつけるようにして狭い路地を進んでいくと、エルゼンの屋敷の壁にしゃがんで入れるくらいの穴が空いていた。ちょうど隣の家からは死角になる位置だ。

「この屋敷、表向きは豪華なんですけど、見えないところはボロボロなんですぅぅぅぅ」

「主人の性格そのまんまだな」

「応接室は一階の東側、廊下の左側二番目の部屋ですぅぅぅ。メイアさんはそこに入っていきましたぁぁぁ」

「そこまで知ってるのかよ!?」

「メイアさんはいい人です。私も力になりたくてぇぇぇぇ」

「そっか。ありがとな。恩に着るぜ」

深い詮索《せんさく》はやめにして、穴をぐると一気に裏庭を駆け抜ける。裏口の扉に鍵は掛かっていなかった。流れるような動きで屋敷の中へと忍び込む。

幸い廊下にも人はいない。ぶ厚い絨毯《じゅうたん》が、おあつらえ向きにディオンの足音を消してくれた。

「ここか」

応接室の扉に耳を当てる。

安普請《やすぶしん》なのか扉は薄く、中の会話が漏れ聞こえてきた。

「本当に……で……んだね？」

「……い。も……めたこと……から」

エルゼンとメイアの声がするが、ぎりぎり断片的にしか聞き取れない。

（もっと大きい声で喋れって！）

限界まで体を扉に密着させる。そうして体重をかけたとたん、メリメリっと嫌な音がして蝶番《ちょうつがい》が外れた。

ディオンは、扉とともに応接室へと倒れ込む。

（なんだこりゃ。安普請《やすぶしん》にもほどがあるぞ！）

見かけ倒しのエルゼンだけに、家の造りも薄っぺらいとディオンは思った。

「ディオン!?」

ソファに座っていたメイアが、目を丸くして立ち上がる。

「よう」

埃を払いながら何事もなかったかのように起き上がり、メイアに向かって右手を挙げた。

「何をしてるんですか、こんなところで!?」

「あえていうなら、散歩……かな」

「おやおや。白馬の騎士を気取るにしても、もう少し登場の仕方を考えてもらいたいね」

エルゼンが、髪をなでつけながら首を振る。

いつもなら肩を震わせながら怒り出しているはずなのに、なぜか余裕たっぷりだ。警備兵を呼ぶでもなく、テーブルに置かれていたワイングラスを掴むと、ディオンに向かって掲《かか》げる。

「ダンジョン屋の忠実な使用人に乾杯」

一息に飲み干したエルゼンは、ワインボトルを指差した。

「キミも飲むかい？　今日のボクはとても気分がいい。この喜びを誰かとわかちあいたくてたまらないんだ」

「どういう意味だ？」

エルゼンのやつ、とうとう頭にきちまったのか？

警戒しながら沈黙していると、エルゼンはメイアの肩を抱く。

「おい、やめろ！」

「いいの。ディオン」

しかし、メイアは静かに首を振る。

「そうだとも。ボクとメイア君は共同経営者、パートナーになったんだからね。これからはふたりで支え合いながら、祝福された未来へと進んでいこう」

「何言ってるんだおまえ。いいから放せって！」

強引にメイアをエルゼンから引き剥がす。

「やれやれ。察しの悪い男だとは思っていたが、これほどまでとは驚きだよ」

エルゼンは、テーブルに置かれていた書類を手にする。

「難しいことは省略して、キミにもわかる言葉で説明しよう。ティンクル・ラビリンス社は、ダンジョン屋の負債を全額肩代わりする。その代わりダンジョン屋は人材と技術、および顧客と提携業者のリストをティンクル・ラビリンスに提供する」

「待てよ、メイアが言ってた解決策っていうのは」

「ダンジョン屋はティンクル・ラビリンスの一部門として存続し、メイア君は副社長待遇としてボクと共同経営者となる」

それは、事実上のティンクル・ラビリンスによるダンジョン屋の買収だった。

「そうそう、キミたちダンジョン屋の社員も、我が社で面倒を見てあげることになったよ。給与その他の待遇はこれまで通りだ。メイア君のたっての頼みでね。だから、キミも安心して業務に勤《いそ》しんでくれたまえ」

「俺のことなんてどうでもいい。メイアはそれでいいのかよ!?」

頼むから嫌だと言ってくれ。

すがるような目で見るディオンに、メイアは穏やかに微笑んだ。

「いいんです。これでみんなに迷惑をかけずに済むから。だから、いいんです」

透きとおったメイアの表情を見て、ディオンはテーブルに拳《こぶし》を叩きつけた。

「何諦めたような顔してるんだよ。俺の知ってるメイアはいつだって元気で、無茶で、お人好しすぎて……だけど今のメイアはちっともらしくない。クレオよりも亡霊っぽいじゃないか。しっかりしろよ！」

「おいおい、そんなに熱くなることはないだろう？　キミは食い扶持《ぶち》を稼ぐためにダンジョン屋に転がり込んだだけの冒険者崩れ。これからはキミの賃金はこのボクが保証するんだから、なんの問題もないはずだ」

肩をすくめるエルゼンの瞳の奥には、陰湿な昏《くら》い炎がちらついている。

ダンジョン屋で受けた屈辱を、どうやら忘れてはいないらしい。ここぞとばかりにねちねちと嫌味を言うなんて、どこまで陰湿なやつなんだ。

「ボクのサインは済ませてある。あとは君がサインをすれば、契約は正式に締結だ」

「考え直してくれメイア。もっと他に何か方法があるはずだ。俺、メイアのためならなんだってするからさ！」

説得に呼応するように、メイアの瞳に微かなためらいが浮かぶ。それを見逃さなかったディオンは夢中で思いの丈をぶつけ続けた。

「こんな解決はシローネもサンディも望んでない。もちろん俺もだ！」

「やれやれ。ダンジョンを壊すしか能のない冒険者崩れが、何を言っているのやら」

エルゼンは肩をすくめると、メイアに書類を押しつける。

「さあ、ここにサインを」

「簡単に諦めるな！」

ディオンの叫びに、メイアはびくっと肩を震わせた。

ペンを掴みかけた手を離す。

「どうしたんだい？　まさかこの男の世迷い言に耳を傾けたんじゃないだろうね」

「メイア！」

「メイア君」

ディオンとエルゼンの板挟みになって、メイアは苦しげに顔を歪めてうつむいた。

息詰まる沈黙の中、ようやく顔を上げてエルゼンを見る。

メイアはエルゼンを選んだのか!?　ディオンの心臓が凍りつく。

しかし、メイアの口から出た言葉は、ディオンの想像とは違っていた。

「……一日だけ待ってもらってもいいですか？」

「――っ！」

「ふぅん。てっきり決心がついたから、ボクを訪ねてきたと思ったんだけどね」

「お願いします」

「わかったよ。他ならぬ君の頼みとあってはしかたがない。ボクは待つよ。いつまででも」

頭を下げるメイアを見て、エルゼンはディオンに視線を走らせる。

「もっとも、君の大切な社員たちの胃袋がそれまで持つかどうかは別問題だけどね」

「行こう、メイア」

メイアの気が変わる前に、ディオンは彼女の腕を掴んでいた。

「こんなところにいつまでもいるべきじゃない。さっさと出るぞ」

足早に屋敷の外に出る。それでも歩みを止めず、悪趣味な金色の屋根が見えなくなったところでようやくメイアの手を放した。

街路樹のたもとでディオンは問う。

「なんでひとりで行ったんだ。それも、あんな大事な話をみんなに黙って。そりゃ俺は馬鹿だから難しいことはわかんないけど、シローネやサンディには一言相談したっていいはずだろ」

「……相談したら、みんなは賛成してくれましたか？」

「するわけないだろ。ダンジョン屋がなくなっちまうんだぞ」

「わたしはダンジョン屋の社長として、社員みんなの生活を守る務めがあるんです。それに、仕事をお願いした人たちにもこれ以上迷惑をかけるわけには……だからもうこれしかないと思ってしまって」

「メイアの気持ちはわかるけど、まだ他にも方法があるかもしれないだろ」

「……そうかもしれません」

ディオンの言葉を噛みしめるように、メイアは小さく頷いた。

「なんとかしなくちゃって焦りすぎて、まわりが見えなくなっていたかもしれないです」

冬の空気に包まれて、火照《ほて》っていた頭が冷静さを取り戻したようだ。

「簡単に諦めるなって、さっき言いましたよね。それって、ディオンに公園で会った時にわたしが言った言葉ですね？」

「お、やっと気づいたな」

ディオンは、ニヤリと笑う。

「まさか、言い返されるなんて思ってなかったろ」

「ですね。ちょっとびっくりしました」

メイアが照れくさそうにはにかむ。それはさっきまでの亡霊みたいに透きとおった笑顔ではなく、血の通った彼女らしい微笑みだった。

「でも嬉しかった。ディオンのあの言葉で目が覚めました。いつも言ってることなのに、自分が忘れるなんて恥ずかしい」

メイアは、髪を結っていたリボンを外す。

「これを結び直してください。ぎゅっとでお願いします」

赤いリボンをディオンに手渡して、背中を向ける。

「こ、こうか？」

おっかなびっくり、ディオンはメイアの髪に手を伸ばす。手入れの行き届いた金髪はさらさらしていて、春の陽だまりのような匂いがした。

「こんな感じかな？」

「ゆるすぎです。もっときつくお願いします」

「こ、こうか？」

「いたたた。リボンに髪が引っかかってます！」

「わ、悪い」

リボンを結ぶなんて初めての経験なので加減がわからない。緊張で手が震える。

それでもなんとか要求通りに結び直すと、メイアは後ろ手に確認しながら振り返った。

「ありがとうございます。これで気合いが入りました」

憑き物が落ちたような晴れやかな顔できっぱりと告げる。

「今回の件、エルゼンさんにはあとで断りの連絡を入れておきます。窮地に陥っても諦めない。それがダンジョン屋の心意気ですから！」

「さすがメイア。やっと調子が戻ってきたな」

「でも、みなさんに支払わなきゃいけないのは変わらないですし、あまり猶予はないです」

「大丈夫だ。俺に秘策がある」

「秘策？　なんですかいったい？」

「それは内緒だ。なにしろ秘策だからな」

驚くメイアに、ディオンは堂々と言い切った。心臓がバクバクと音を立てているのを悟られないようにしながら空を見上げる。

冬空はどんよりと曇っていた。このまま雪になるか、それとも雲が切れて晴れ間が見えるか、まだわからない。

確かなのは、どんな天候になろうともメイアと共に歩いて行くだけだ。

「とりあえず、あったかいお茶でも飲もう。雰囲気のよさげな店を見つけたんだ」

この日、ディオンは初めてメイアを喫茶店に誘った。向かい合って座るメイアのほっとしたような笑顔を見て、勇気を出して誘ってよかったと、ディオンは思った。

第四章　起死回生の迷宮

その夜、ディオンはシローネとサンディに声をかけ、居酒屋ぽっぽ亭で緊急会議を開いた。

「と、いうわけなんだ」

エルゼンの屋敷で起こったことの一部始終を説明する。

「寝耳に水ですわ！」

シローネが、眼鏡のレンズをハンカチで磨く。心労のせいか目の下には隈《くま》ができていた。

「ディオンはともかく、わたくしたちには相談してくれてもよかったのに」

「メイアは、ひとりで突っ走るタイプだから」

サンディは、椅子の背もたれに体を預けながら腕組みをする。

「でも、思いとどまってくれてよかった。ディオンのお手柄ね」

「とはいっても、根本的な問題は解決していない。ロコじいさんたちに代金を払うためには、どうしたらいいと思う？　俺に知恵を貸してくれ」

そう言うと、サンディが怪訝《けげん》な顔で見つめてきた。

「秘策があるんじゃなかったの？」

「ない！」

はっきり打ち明けた途端に、ふたりの首ががっくりと落ちる。

「お手柄って言ったけど、さっきの評価は取り消しね」

「同感ですわ」

「あの場は、ああ言うしかなかったんだよ！」

メイアを安心させ、元気づけるためのとっさの機転だった。それはメイアのためにはよかったと思うのだが、肝心な秘策はいくら考えても浮かばない。そこで藁にもすがる思いでふたりを呼び出したのだ。

「お金の問題は難しいですわね」

「簡単にお金が作れるのなら、そもそもこんな苦労はしないわけだし」

しかし、ふたりの反応は鈍い。

「そうだ。なぁポルコ」

ディオンは、皿を下げにきた店の主人に声をかける。

「あんたんとこで、もうひとつダンジョンを造らないか？　今なら特別割引価格で提供するぞ」

「勘弁してくれよ。うちだってそんなに余裕はないんだ。力になってやりたいのは山々だけど、そんなにほいほい迷宮が作れるわけないだろ」

「だよな」

やっぱり無理だった。

ない知恵を振り絞って出した片っ端から営業攻勢をかける作戦は、最初の店で頓挫した。

「先代にはあんなにお世話になっていたくせに、冷たいですわね」

シローネがポルコに絡む。飲み干したグラスをテーブルに置いてくだを巻く。

「つたく、世知辛い時代になったものですわ。人情なんて、しょせん紙吹雪みたいに薄っぺらいものなのよ。ほんとやってらんない」

「シローネ、もしかして酔ってるのか？」

彼女らしからぬ乱暴な口調に驚いて、ディオンは恐る恐る目をやった。

「酔ってるわけありませんわ。オレンジジュースのソーダ割り、おかわり！」

「はいっ！　ただいま〜」

その剣幕に、ポルコは逃げるように厨房に去っていった。それを冷たいジト目で追ってから、シローネはがばっとテーブルに突っ伏す。

「ああ情けない。メイアが困ってるっていうのに、ソロバンを弾くくらいしか役に立てないなんて。どこかに一億ギルダー落ちてないかしら」

「さすがにそれはないだろ」

ディオンは首を振ってから、サンディに尋ねる。

「ところで、前から聞こうと思っていたんだが、どうしてエルゼンはダンジョン屋を手に入れたいんだ？　あのねちっこい絡み具合から見ても、何か恨みでもあるみたいじゃないか」

「どうしてあたしに聞くの？」

「古株のサンディなら、ひょっとしたら知っているかもしれないからさ」

「古株？　それって年増って意味？」

サンディのこめかみが引きつる。ぎこちなく微笑みながら腰の鞭に手を伸ばしていくのを見て、ディオンは震え上がった。

「そそそ、そんなこと言ってないだろ。サンディはメイアと付き合いが長そうだと思って聞いたんだよ」

「あらそう」

サンディは鞭から手を離す。彼女相手に年齢を連想させる単語は厳禁なのだと肝に銘じた。

「そもそもは、メイアのお父さんの代からの因縁なの」

メイアの父親のキリウとエルゼンの父親のオスカーは幼い頃からの親友で、迷宮設計士として研鑽《けんさん》し合った仲だったらしい。

そしてふたりは協力して、二十年前にダンジョン屋を立ち上げた。

「キリウさんの技術力とオスカー氏の営業力。それがうまく噛み合って、みるみる会社は大きくなったわ」

サンディは、まるで見てきたかのように話す。

「家族ぐるみのつきあいだったらしくって、エルゼンとメイアが生まれると、いずれふたりを結婚させるって約束もしたみたい」

「ぶっ！」

お茶を飲もうとしていたディオンはむせる。

「やっぱりメイアはエルゼンの婚約者だったのか!?」

そんな馬鹿な。前にエルゼンが結婚相手なのかと尋ねた時、メイアは誤解だとはっきり否定したはずだ。それとも聞き間違いだったのだろうか。

ディオンの心臓が不規則に波打つ。

「わかりやすく動揺してか・わ・い・い。だけど、親同士が勝手に決めたことだから心配しなくてもいいわ。どっちみちその話は解消されたしね。キリウさんとオスカー氏が、ダンジョン屋の経営方針を巡って対立したから」

じっくりと良質な迷宮を造りたいと主張するキリウと、市場の需要に応じて安価な迷宮を大量供給したいというオスカーの話し合いは平行線をたどり、やがて決定的な物別れに終わった。

「十年前、オスカー氏は当時のダンジョン屋の社員をほとんど引き抜いてティンクル・ラビリンスを創設したの。残ったのはあたしの父さんだけだったわ」

「そんな事情があったのか」

「あたしはまだ子供で、社内のゴタゴタを見ても何もできなかった。メイアはいつも泣いてたわ。ウサギみたいに目が真っ赤で、だから泣き虫メイアって呼ばれてたっけ。今では想像もつかないけれど、あたしはそんな彼女をなぐさめるのが精一杯で……」

サンディの瞳は、辛い過去を見つめるかのように揺らいでいた。

「これは想像なんだけど、エルゼンは父親の主張が正しかったってことを、メイアに認めさせたいんじゃないかしら？　金に物を言わせるティンクル・ラビリンスの方が、こじんまりと良質な迷宮を造るダンジョン屋よりも勝っているってことを。ふたりの親はどちらもとっくに亡くなったけど、父親のオスカーの遺志を認めさせたいのかも」

「事情はわかったけど、納得できない。結果的にダンジョン屋をなくそうとしているんだし」

いつかあいつをぎゃふんと言わせないと、どうにも気持ちが収まらない。

「話がずれてますわよ。今はエルゼンのことなんてどうでもいいですわ」

シローネに指摘されて、アツくなりかけたディオンは我に返る。

「そうだった。で、このピンチを切り抜けるアイデアは何かないか？」

期待して尋ねたものの、サンディとシローネは不景気そうに顔を見合わせる。

「そんなこと言われても、あたしはモンスターのことしかわからないし、お金には縁のない生活だし」

「わたくしも、都合よく実家が大金持ちだなんてことはありませんわ。しがない魚屋の娘ですもの」

「だめか……」

三人揃ってため息をつき、時間だけが経っていく。騒がしかった店内も、気がつくとディオンたちだけになっていた。

「あのぅ、そろそろ店じまいなんだけどねぇ」

「なんですって!?」

目が据《す》わったシローネに一喝されて、ポルコはみるみる額に汗を浮かべた。

「よく考えたらウチは二十四時間営業だった。どうぞいつまでもゆっくりしてってくれ」

愛想笑いをしながらあとずさる。その姿を目で追っていたディオンは、店の壁にチラシが貼られているのに気がついた。

「おい、あんたの後ろに貼っている紙はなんだ？」

「ああ、これかい？　今朝方、街のお役人が貼らせてくれって言ってきたんだよ」

興味をそそられたディオンは立ち上がってチラシの内容に目を通す。文面を読み進めるうちに興奮してくるのを自覚した。

「シローネ！　サンディ！」

チラシをテーブルに叩きつける。

「これを見てくれ。どうやら一億ギルダーが本当に落ちていたみたいだぞ」


ディオンたちは、簡単な打ち合わせを終えると、まっすぐメイアの私室に突撃した。

「開けてくれ！　大事な話がある」

扉を連打していると、メイアが目を擦りながら顔を出した。

「なんです、こんな夜遅くに？」

「寝ていたのならすまない。どうしても今日中に知らせたいことがあってさ」

「書類に目を通していたから大丈夫ですけど、なんでしょうか？」

「ふっふっふ。とうとう俺の秘策を明かす時がきたようだ。これを見てくれ」

ディオンは、もったいぶりながらポケットを探ってチラシを取り出す。しわだらけのそれを広げると、メイアがタイトルを読み上げた。

「『第七回　王立迷宮コンテスト』？」

「賞金は、なんと一億ギルダーだ！」

「コンテストに応募して金賞を取れば、赤字を帳消しにしてお釣りがきますわ」

「これを見過ごす手はないわ。『落ちてる肉を食べないモンスターはいない』って言うもの」

ディオンの言葉を引き取って、シローネとサンディがすかさず煽《あお》る。

「そういえば今年でしたね。すっかり忘れていました」

メイアが何かに思い当たったように、ぽんと手を打つ。

実はディオンもさっきまで知らなかったのだが、迷宮コンテストは四年に一度開催される国を挙げてのイベントだそうだ。

腕自慢の迷宮設計士たちがエントリーし、それぞれ工夫を凝らした迷宮を造る。完成した迷宮は国王が直々に検分し、入選作が決められる。

それは迷宮設計士にとって最高の名誉とされていた。

「その名は国中に鳴り響きますし、何より受賞した設計士がいる会社には迷宮製作の依頼が殺到します。これで金賞を取れば一発逆転、起死回生となりますわ」

「メイア、俺たちもエントリーしよう」

「失うものはないんだし、やってみてもいいんじゃない？」

サンディも口添えしてくれる。

「そうですね……ですが、エントリーしたとしても、新しい迷宮を造るだけのお金がウチにはありません」

ためらうメイアに、ディオンは自信たっぷりに拳《こぶし》で自分の胸を叩く。

「その件については俺に任せてくれ。一緒に造ろうぜ。誰も見たことのないような、ダンジョン屋にしか造れない迷宮を！」

「ディオン……」

「心配ない。俺たちならいけるって」

メイアは判断に迷うようにリボンをいじっていたが、ディオンの気迫に背中を押されたように、やがてこっくりうなずいた。

「わかりました。やってみましょう」

そのとたん、サンディは両手を伸ばしてメイアをぎゅっと抱きしめた。

「なんですかっ!?　わっぷ」

サンディの胸の谷間に顔を挟まれたメイアは、じたばたと両手を振り回してもがく。

その頭を、サンディは優しく撫でた。

「よしよし。いい子いい子」

「むぐぐぐ、ぶはっ！」

なんとか巨乳地獄から逃れたメイアは大きく息をつく。

「はぁ、はぁ。死ぬかと思いました」

「つい嬉しくなっちゃって。でも、気持ちよかったでしょ」

ちょっとだけうらやましいものを感じたディオンだったが、すぐに妄想を振り払ってメイアに頷く。

「それでこそ、俺の知っているメイアだ」

「みんな、もう一度、わたしに力を貸してくれますか？」

「一度と言わず、何度でも」

メイアとがっちり握手を交わし、それにシローネとサンディも加わる。

「最高のダンジョンを造りましょう。目指すはもちろん金賞ですわ」

「みんなで歴史に名を残すのも悪くないわね」

口々に言い合ううちに、みんなじわじわと興奮してきているのが伝わってくる。

メイアの額にはほんのりと汗が浮かび、瞳には強い光が宿っていた。

「よーし、みんな、気合い入れていきますよ！」

「おーっ！」

メイアの音頭で、四人は重ねた手をいっせいに天に向かって突き上げた。

その夜は、社訓を唱和する声がダンジョン屋から漏れ聞こえていたと、街の噂になったのだった。


迷宮コンテストのエントリーシートをダンジョン協会に提出した帰りに、ディオンはロコじいさんの工房に立ち寄った。

年季の入った鍛冶工房には、バロルの迷宮作りに関係した者たちが集まっていた。ダンジョン造りの件で話があると、あらかじめ通知を送っておいたのだ。

ダンジョン屋からは、ディオンとサンディが出席した。

メイアも同行したいと申し出たのだが、ここは任せてほしいと断った。この件はそもそも自分が言い出したことだし、これからはメイアの盾になると決めていた。

「金は持ってきたんだろうな？」

ディオンが姿を見せるなり、苛立たしげな声が飛ぶ。

銀細工師ドンネだ。彼だけでなく、他の者たちもほとんどが殺気立っていた。

詰め寄ってくる男たちを前に、ディオンは声を張り上げる。

「すまないが、まずは俺の話を聞いてくれ」

腰に吊した剣の感触を確かめながら、迷宮コンテストの参加を報告した。

「――そこでみんなに協力してほしいんだ」

工房がざわめく。困惑する者、失笑する者、怒り出す者。

「馬鹿なことを言うな。おまえの冗談につきあうほど、俺たちは暇じゃないんだぞ」

怒った者の代表格がドンネだった。

「新しいダンジョンが造りたいって言うんなら、先にこれまでの代金を払ってもらおうか」

「そうだそうだ。ただ働きはごめんだ」

ディオンにつかみかからんばかりのドンネに、周囲からも同意の声が上がる。

けれどもディオンは動じない。

「金ならつくる」

「嘘をつけ。ダンジョン屋の台所は火の車だって聞いたぞ」

「耳が早いわね」

サンディが、ディオンにだけ聞こえる声で呟く。

「金がつくれるっていうのなら見せてみろ」

ドンネの追求にひるむことなく、ディオンは一歩を踏み出すと剣を抜く。

「これがその証拠だっ！」

銀の閃光が半月を描く。

切っ先を鼻の頭に突きつけられて、ドンネがひっくり返った。

「な、何をするんだっ」

これまでの勢いはどこへやら、尻餅をつきながら後ずさる。まわりの男たちも逃げるように
ディオンから距離を取った。

ただひとり、ロコじいさんだけは動じない。深い刻まれた顔は、値踏みをするようにまっす
ぐにディオンの剣に向けられている。

「これは？」

「ファンデル家先祖代々の秘剣パラムドリムだ」

「……よい剣じゃ。さすが、黒龍グラスノチェダールと渡り合っただけのことはあるのう。手入れも行き届いておるし、鞘の装飾、刃の波紋。ほれぼれする業物《わざもの》じゃ。三千万ギルダーは下るまい。わしらへの代金を全部払ってもお釣りが出るわい」

その言葉にざわめきが止む。ディオンは剣を鞘ごとロコじいさんに渡した。

「こいつを売りたい。余った金はコンテストに出す迷宮造りの資金にする。これなら文句ないだろう？」

「もちろんじゃ。じゃが、本当によいのか？　この剣はお主にとって何よりも大切なのじゃろう？」

「パラムドリムはうちの家に代々受け継がれていた家宝。俺にとっては命よりも大切な物だ。何があっても、絶対に手放す気はなかった。これまではな」

「ならばどうしてじゃ」

「新しい迷宮を造るにはこの方法しかないんだ。ダンジョン屋は俺を助けてくれた。俺は、メイアとダンジョン屋のためになんでもするって決めたんだ。俺に必要なのは、家宝の剣じゃなくて仲間たちなんだ」

そう言いながらも、本当は心はざわめいていた。

パラムドリムを手放すということは、冒険者復帰の道を自ら閉ざすということだ。それは冒険者免許を取り上げられることよりも、遙かに苦しい選択だった。

だが、それでも構わない。

大きく息を吐き出すと天井を見上げる。迷いは、このため息と一緒に吐き出した。あとは前に進むだけだ。メイアと同じ未来を掴むために。

「行こう。みんなが待ってる」

ディオンが工房を振り返ることは、一度もなかった。

ダンジョン屋に戻ると、さっそく会議が始まった。

「それでは、これよりコンテストに出す迷宮についての話し合いを始めたいと思います」

メイアが議事を進めようとしたが、ディオンはすかさず手を上げる。

「ちょっと待ってくれ。その前に聞いておきたいんだが、どうしてこいつがいるんだ？」

「どうもぉぉぉぉぉ」

半分透けている亡霊が、部屋の隅に立っていた。

「紹介が遅れました。今日からウチで働くことになったクレオさんです」

「よろしくぅぅぅぅお願いぃぃぃぃぃしまぁぁぁぁぁす」

クレオがぺこりと頭を下げる。

「バロルさんの迷宮造りが中断しちゃって、行くところがなくて困ってたみたいなんです。このままだと浮遊霊になるしかないっていうから連れてきちゃいました」

メイアは仲間が増えて嬉しそうだ。

「猫じゃあるまいし、誰でも連れてくればいいってもんじゃないと思うぞ。俺が言える立場じゃないけれど」

「わたしくは大賛成ですわ。お給金もいらないって話ですし、喜んでただ働きをしてくれるなんて、こんなに理想的な社員はいませんもの」

シローネには話がついていたようだ。それなら異議を唱えるまでもない。

「私はお役に立ちますよぉぉぉぉ」

「わかった。それじゃよろしくな」

実を言うと、ディオンはこのちょっとトボけた元役者が嫌いじゃなかった。

クレオの挨拶が終わったところで、メイアがこほんと咳払いする。

「えーと、それでは本題に戻りますが、コンテストに出品するために、どんな迷宮を造ればいいか、意見のある人は挙手してください」

「……」

誰も手を上げなかった。

「ちょっと貴方」

シローネが脇腹を突っついてくる。

「この件に関しては俺に任せてくれって言いましたわよね？　どうして黙ってるんですの？」

「勘違いしないでくれ。俺は、資金に関してなら任せてくれって言っただけだ」

パラムドリムを売ることで、資金調達の目処《めど》はついた。しかし、そこから先は考えていなかった。

「じゃあ、迷宮のアイデアは？」

「ない」

きっぱりと言い切ると、シローネは両手を胸の前で組み合わせる。

「ああ神さま。こんな行き当たりばったりの馬鹿を信じたわたくしをお許しください」

「みんなで考えればいいだろ。そのための会議じゃないか」

「ディオンの言うとおりです。みんなで力を合わせて問題を乗り越えていくのが、ダンジョン屋の流儀ですから」

「はーい、提案」

サンディが手を上げる。

「あたしのかわいいモンスターたちを、迷宮の入口から最後の部屋まで、ずらっと並べておくのはどうかしら？　ケルベロスにグリフィンにマンティコアにペガサスにキメラを総動員で」

「そんなにモンスター飼ってたのか」

さすがはサンディ。ドラゴン以外は調教できると言い放っただけのことはある。

「これならコストも抑えられるし、今すぐにでも準備できるけど」

「でも、それって迷宮の意味が薄いっていうか、動物園と変わらなくありませんこと？」

「それもそうかも」

シローネに突っ込まれ、サンディはあっさり意見を引っ込める。

「ちなみに、前回優勝した迷宮ってどんなものでしたっけ？」

「ええと、ちょっと待ってくださいませ」

メイアの質問に、シローネは手元の資料をめくる。

「天元堂さんの『百万迷宮』ですわね。その名の通り、無限とも思える数の部屋を連結して一部屋ごとに異なる趣向を凝らしたものだったみたいです」

「思い出しました！　国王陛下が視察に入ったはいいけど、あまりにも広すぎて最深部まで到達できなかったって迷宮でしたね」

「スケールの大きさが評価されたみたいですわ」

「数は力ってやつか」

「先に言っておきますけど、ウチにはそんなお金はありませんわよ」

シローネに釘を刺されるまでもない。限られたお金と期日の中で、なんとかやりくりする必要がある。求められているのは資金力ではなく独創性だった。

「クレオは、何かアイデアないのか？」

「残念ながら、私は芝居しかできない男ですぅぅぅぅ」

「いきなり役に立たないじゃないか」

頭を抱えるディオンを、メイアが苦笑いしながらまあまあとなだめる。

「考えてみたら、あたしたちってオリジナルの迷宮って造ったことなかったかもね」

サンディの呟きに、シローネも同意する。

「顧客の要望に添った迷宮を、過不足なく提供するのが仕事です。無から有を生み出した経験はありませんわ」

「話が煮詰まってきたみたいだし、休憩にしませんか？　わたし、お茶を淹《い》れてきますね」

メイアが席を立ち、給湯室へ向かう。

「手伝うよ」

慌ててディオンも立ち上がる。本当はお茶くらい自分ひとりで淹《い》れたいのだが、不器用すぎていつもお茶が濃すぎるか薄すぎるかになってしまうのだ。それでシローネが暴れたことがあり、今はメイアが淹《い》れたお茶を配る係になっている。

「今度のコンテスト、絶対に金賞を取りましょう。ダンジョン屋だけでなく、協力してくれたみんなのためにも」

ディオンの目を真っ直ぐに見すえて言い放つ。これまでは気持ちが先走るあまり空回りすることも多かったメイアだが、エルゼンの提案を断って腹をくくったのか、いつもと違った凄みを感じた。

「ん、なんだこの匂いは？」

メイアが淹《い》れたお茶から刺激的な香りが漂ってくる。いつものグリーンティーではなく、香辛料をぶちまけたような真っ赤な色だ。

「気合いを入れるためにオリジナルブレンドにしてみました。以前、ディオンがエルゼンさんにブレンド茶を出したのを見て、わたしもいつかやってみたいと思ってたんです」

「悪い見本を真似する必要はないんだぞ」

あの時はお茶の淹《い》れ方なんて知らないから、適当にぶちこんだだけだ。

「だって、なんか楽しそうだったから。ちなみにこれはサラマンダーの燻製を粉にして、大サソリの尻尾をすりつぶしたものです」

「それは、もはやお茶とは言えない、何か別の液体なのでは」

「乾物屋さんの話では、夜も寝られないくらい頭がスッキリして、おまけに精力もギンギンになるそうですよ。大きな仕事を控えたわたしたちにぴったりだと思いませんか？」

「せ、精力ギンギンって、意味わかって言ってるのか？　って、待て待て待て！」

メイアが得体の知れない液体に口をつけようとしたので、ディオンは思わずティーカップを奪い取っていた。

「メイアを危険にさらすわけにはいかない。俺が毒味をしよう」

「毒味って、そんな大げさな。ただのブレンドティーですよ」

「全然ただのとは思えない。とにかく俺が先に飲むよ」

口元に持ってきただけで、刺激臭が鼻をつく。

「うっ！　これは」

サラマンダーも大サソリも毒があるんじゃなかったっけ。もちろんきちんと処理はされてるだろうけど、これは本当に人が飲んでいいものなのか？

「どうしたんですか？」

メイアの屈託のない瞳が、無言の圧力となってディオンをせかす。

（ええい。もうどうにでもなれ！）

覚悟を決め、目を閉じて鼻をつまみながら一気に飲み干す。

（ん？　意外と大したことない……ぐ、おおおおおっ！）

最初の一口は味がしなかった。けれども飲み込んだ後、一拍遅れて喉の奥が熱波に灼かれる。

「辛いっ！　っていうか痛い！」

これまで感じたことのない味覚が口の中を席巻する。まず舌がしびれ、それから唇がビリビリと震え、全身から熱い汗がダラダラと流れ落ちてくる。さらには足がもつれて、とっさにメイアにしがみついた。

「ぐはーーーっ、ぐほっーーーー」

口の中の刺激が強すぎて、悲鳴とも獣の息ともつかないものが噴き出してくるのを止められない。

「く、くさーい。しかも、なんか目が血走ってて怖いですー」

「はぁ……はぁ……メ、メイア」

「は、はひ！」

「これは上級者向きだ。みんなに飲ませるのは止めておこう」

ディオンの全身が真っ赤になっているのを見て怯えたメイアは、こくこくと無言で頷いた。

結局お茶は淹《い》れ直すことになり、事務所に戻ったディオンは普通のハーブティーを配って回った。シローネの席まで来た時、メイア特製ブレンドの副作用がまだ残っていたのか、足がもつれて危うくお茶をこぼしそうになる。

「ひゃっ!?」

とっさにシローネが飛びすさる。その拍子に隣のメイアの机に置かれていた物が落ちた。

「何するんですの！」

ぎりぎりバランスを取ってお茶はこぼさずに済んだが、シローネは頬を限界まで膨らませて文句を言う。

「ほんっと不器用なんですのね。いったん上がりかけた貴方の株が大暴落中ですわ。貴方の呼称がアンタに戻るのも、そう遠くはないですわよ」

「……」

ディオンは、シローネの小言をちっとも聞いていなかった。書類を拾おうとかがみこみ、一緒に落ちた物に気を取られていたからだ。

それはメイアの万華鏡だった。

拾い上げると、筒の端に目に当てて筒を回す。たちまち色鮮やかな世界が広がった。描き出された幾何学的な紋様は一瞬のうちに姿を変え、ふたつと同じものはない。数多《あまた》の世界が、この小さな筒の中に存在している。

メイアの特製ブレンドの副作用か、それとも正しい効能なのか妙に頭が冴え渡り、万華鏡を覗き込むうちに浮かんだ考えが、次第にはっきりとした輪郭を形作り始める。

「ちょっと、遊んでる場合じゃありませんことよ！」

文句を言うシローネに構わず、ディオンは一心に万華鏡を回し続けた。

ひとつの形が崩れ、ぼんやりと滲《にじ》んでから、これまでで一番美しい紋様が現れた。その瞬間、頭に浮かんだアイデアも、くっきりと鮮明なものになる。

（これだ！）

ディオンの全身に震えが走った。

「こんなのはどうだ！　俺たちが造るべきダンジョンが決まったぞ。名付けて……『万華鏡迷宮《カレードスコープダンジョン》』！」

「万華鏡《カレイドスコープ》……迷宮《ダンジョン》？」

「仕掛けはこんな感じだ」

首を傾げるメイアに、万華鏡を握りしめながら熱く説明する。

話していくうちに、ディオンの興奮がメイアたちにも伝わっていくのがはっきりとわかった。

彼女たちの反応からも手応えを感じる。

間違いない。これはいける。

ほどなくして、ディオンの提案は満場一致で採用された。

「それにしても、こんな迷宮を思いつくなんてすごいです」

「メイアの親父さんが教えてくれたんだよ」

「お父さんが？」

「ああ。親父さんの形見の万華鏡が、俺にヒントをくれたんだ」

メイアは、ディオンから万華鏡を受け取ると、大切そうに抱きかかえる。

「ありがとうお父さん。わたしのこと、ダンジョン屋のこと、ずっと見守っていてね」

閉じていた目を開けると、メイアは『迷宮スケジュール帳』と記されたノートを開いた。

「それでは役割分担を決めますね」

これから忙しくなる。コンテストまで、休む暇はないだろう。それでも前に進むのだ。

ディオンは、冒険者としてダンジョンに潜った時以上に血が滾るのを感じていた。

しかし、それを不思議とも思わない。迷宮設計士として、これからの人生を過ごすと決めたのだから。

真剣に打ち合わせを続けるメイアの横顔を見つめながら、静かにうなずく。

こうして、ダンジョン屋の看板を賭けた最後の戦いが始まった。

そして同時にこの日、ディオンはメイアの特製ブレンドのおかげでギンギンに目が冴え渡り、体は悶々と火照《ほて》って眠れない夜を過ごしたのだった。


迷宮コンテストの会場は、ディオンが破壊した王立ダンジョンの跡地だった。

広大な面積を誇った王立ダンジョンは、崩壊後に残った部屋や階段がいったん埋め戻され、きれいに整地されている。

その跡地がエントリーした会社ごとに均等に割り当てられ、各社創意を凝らしたダンジョンが新しく建設されている。そのため会場には大勢の人がひっきりなしに出たり入ったりを繰り返し、周囲は祭りのような喧噪に包まれていた。

ディオンもそのひとりだった。ダンジョン屋に割り当てられた現場にテントを張り、立ちっぱなしで陣頭指揮を執りながら泊まり込みの作業を続けている。

テント内のテーブルに置かれた設計図も自分で作成した。特に専門知識を要する箇所はメイアにサポートしてもらったものの、製図作業は基本ひとりでやり遂げた。

「まさか君にこんな才能があったなんて思わなかったわ。そんな匂いはしなかったもの」

テント脇のポールに繋がれたケルベロスに餌をやりながら、サンディがぼやく。

「ねぇ、また手を舐めさせて。今度はどんな味がするのか興味あるの」

「断る」

ディオンは即座に断りを入れる。

実際、そんな暇はなかった。人材の手配、物資の調達・搬入の指示、納品されたアイテムの検分、ときおり起こる職人同士の喧嘩の対処。やるべきことは無限にある。

しかし、仕事に打ち込んでいるせいか、徹夜が続いてもいっこうに疲れを感じない。

迷宮掘削職人の区域ごとの割り振りをメイアと決めていると、それまでおとなしかったケルベロスがぴくっと耳を立てて唸り始めた。

見覚えのある光景が頭をよぎり、ディオンは露骨に顔をしかめる。

「やあ、精が出るねぇ」

予想的中。現れたのはエルゼンだった。ボディガードらしき人相の悪い男を三人ばかり引き連れて、テントの中に入ってくる。

「なんの用だ？」

「陣中見舞いだよ。受け取ってくれたまえ」

エルゼンが背後の男たちに命じると、食糧や水の入った樽が山のように積み上げられる。

「受け取れません」

メイアがはっきりと断る。

しかし、エルゼンは聞く耳を持たない。

「いいじゃないか。隣のよしみだ。ほんの挨拶代わりだよ」

故意か偶然か、ダンジョン屋はティンクル・ラビリンスに隣接した区画を割り当てられていた。そのため両者は競うように迷宮建設に邁進している。

「ふうん。これがキミのダンジョンか」

エルゼンは設計図を覗き込む。

「勝手に見るな！」

ディオンは、地図を丸めて上着のポケットに押し込んだ。思い切り睨みつけてやるが、エルゼンは蚊に刺されたほどにも動じていない。

（相変わらず面《つら》の皮の厚いやつだな）

「万華鏡迷宮《カレードスコープダンジョン》とは考えたね。いや立派立派」

わざとらしくほめ称えるエルゼンに、さしものメイアも苦い薬を飲み下したような顔をした。

シローネに至っては、こっそりとエルゼンの背中に舌を出す。

ディオンが発案した万華鏡迷宮《カレードスコープダンジョン》は、『入るたびに違うダンジョン』がコンセプトだった。

まず大きな円形の中心部を造り、その周囲に歯車状の部屋を配置する。それをひとつのエリアとして、同じ形状のエリアをいくつも連結させるのだ。上面図だと複数の歯車が横一列に噛み合ったように見える。

歯車部分にあたる各小部屋にはドアがあり、それが隣のエリアの小部屋と連結しているため、冒険者はエリアからエリアへと順番に進んでいける。

そしてここがミソなのだが、水力を使ってそれぞれの歯車を一定間隔で回転させる仕掛けが施されている。これにより連結している小部屋がひとつずつずれ、入るたびに異なったルートが設定されるのだ。

これなら限られた予算と資材で、前回優勝した『百万迷宮』に匹敵する冒険者を飽きさせないダンジョンが造れる。

形状から言えば『歯車迷宮』が正しいのかもしれないが、メイアの万華鏡を見ていてひらめいたので、あえて『万華鏡迷宮《カレードスコープダンジョン》』と名付けていた。

「さすがダンジョン屋さん。苦しい予算の中でよく考えるものだ。我が社の『黄金迷宮』にはかなわないまでも、審査員特別賞くらいはもらえるかもしれないね」

エルゼンの『黄金迷宮』は、ティンクル・ラビリンスの資金力に物を言わせて、迷宮内部の壁や天井、床の全てに金箔が貼られていた。そのコストはダンジョン屋とは比べものにならないだろう。シローネが帳簿を見たら卒倒するのは間違いない。

しかし、そんなものは単なるこけおどしに過ぎないことは、ディオンを含めたダンジョン屋の誰もがわかっていた。迷宮に必要なのはいくら金をかけたかではなく、訪れた冒険者をワクワクさせずにはおかない仕掛け、センス・オブ・ワンダーなのだ。

「メイア君、ボクは残念だよ」

エルゼンがディオンの肩越しに、背後にいるメイアに声をかける。

ディオンは両手を広げて遮ろうとしたが、メイアに背中をつつかれて止められる。

「わたしに話をさせてください」

しかたなく脇にどくと、メイアがエルゼンの前に進み出た。

「ご用件はなんでしょう？　あなたのことだから、陣中見舞いが目的とは思えないのですが」

「さすがはメイア君。子供の頃からよく頭が回る」

自分がメイアと幼なじみであることを、さりげなくディオンにアピールしてくる。いちいち気に障る男だ。

「先日の申し入れだけど、あれがダンジョン屋の最終決定と取っていいのかな？」

「はい」

メイアは毅然《きぜん》とした態度で応対する。

正面から向かい合うとメイアの方が頭ひとつ分ほど背が低いが、ディオンの目にはエルゼンよりもよほど大きく見えた。

「ティンクル・ラビリンスさんとの業務提携の話は白紙とさせていただきます。ダンジョン屋は自主独立の精神の下、これからもやっていきます」

「キミほど頭のいい女性が、そんな愚かな選択をするとは本当に残念だ。悪い人間に欺《だま》されているんじゃないかい？」

エルゼンは笑顔の仮面を貼り付けながら、ディオンに視線を走らせる。

こいつ、いいかげんにしやがれ。

拳《こぶし》を握って進み出るより早く、メイアが鋭い声を放つ。

「わたしのことはどう思われようと構いません。だけど仲間を侮辱することは許せない。ディオンに謝ってください！」

「これはどうも失礼」

エルゼンは口先だけで謝罪した。相変わらず人を苛立たせるのは天才的だ。

しかし、そんなことはどうでもいい。メイアが自分のために本気で怒ってくれた。

ディオンにとっては、その方が遥かに大きな意味を持っていた。

「ありがとう。メイア」

メイアは、いつだって俺をかばってくれる。彼女の盾になろうと誓ったものの、守られているのはいつだって俺の方だった。

そんな俺が今メイアのためにできるのは、『万華鏡迷宮《カレードスコープダンジョン》』を完成させることだけだ。

決意を新たにしたディオンは、さっさとエルゼンを追い返して仕事に戻った。

骨まで震えるような、冷たい北風が吹き下ろしてくる季節になった。

作業は順調に進んでいる。

「コンテストまであと十日。なんとか間に合いそうですわね」

計画表を傍らに、作業の進捗状況を確認していたシローネがほっとため息をつく。

今回のスケジュールの管理はシローネが担当した。納期が迫れば迫るほど、彼女の圧倒的な実務能力が生きてくる。シローネがいなければ『万華鏡迷宮《カレードスコープダンジョン》』は完成しなかったろう。

「夕方から雪になるらしい。今日くらいは早めに切り上げて帰ろう」

「ですわね。久しぶりにメイアのクリームシチューが食べたいですわ」

メイアは迷宮設計士でなければ、一流のシェフとして身を立てられたのではないかと思うほど料理がうまい。仕事が終わった後に彼女の手料理を食べるのが心の癒やしになっていた。

「メイアのシチューは絶品だものね」

モンスターの調教を終えたサンディも話に加わってきた。ディオンたちが毛皮のマントを纏《まと》っているのに対し、相変わらず露出多めの姿だ。さすがに胸の谷間を見てもいちいちドキッとすることはなくなったが、鈍色の空の下、剥き出しの肌を見るとこっちの体まで冷えてくる。

「よく我慢できるな」

「寒いんだったら、温めてあげよっか？」

サンディが両手を広げて迫ってくる。逃げようとしたディオンは、椅子につまづいて転んだ。

タユン
タユン

「いててて」

それを見て、メイアが屈託なく笑う。

「遠慮しないで、温めてもらえばいいんですよ」

「勘弁してくれよ」

メイアの前でそんなことができるわけがない。複雑な思いで首を振ると、メイアは「それならわたしが」と言ってサンディの懐《ふところ》に飛び込んだ。

サンディの腰に両手を回すと、腹に頬をこすりつける。

「うわー、サンディあったかい」

「おー、よしよし」

サンディは子猫を慈《いつく》しむ母猫のように目を細め、メイアの頭を優しく撫でる。

「はー、幸せですー」

「ぬぬぬ」

抱きしめ合う二人を見つめながら、どうして断ってしまったのかと、ディオンは歯ぎしりをするしかなかった。

そんなほのぼのとした午後は、突然終わりを告げる。

「大変だ！」

迷宮の整備を請け負っていた職人がテントに飛びこんでくる。

「モンスターだ。モンスターが出た！」

「なんだって!?」

「どんなモンスター？」

サンディは、メイアとじゃれ合っていたのとはうって変わって、厳しい表情になっている。

「わからねえ。なんか真っ黒いやつが、いきなり迷宮の通路の奥から現れたんだ。うなり声をあげて襲いかかってきたからすっ飛んで逃げてきたんだが、仲間がひとり取り残されてる」

「ダンジョンが完成するまで、モンスターは配置しない予定だったのではありませんこと？」

シローネが詰問口調になっている。モンスターに関することはサンディの担当なのだ。

「もちろん。そもそもあたしの子たちは人を襲ったりはしない。ちゃんと教え込んでるもの」

「じゃあ、どういうことですの？」

「きっと野良モンスターだわ」

「迷宮に迷い込んだって言うんですの？　いったいどこから」

「そんな話は後回しだ」

ディオンは両手を打ち合わせて、強引に二人の会話を打ち切った。シローネは優秀だが、理屈が先走ることがある。今求められているのは、議論ではなく行動だ。

「俺が行く。サンディもきてくれ」

「了解」

「ふたりとも気をつけてください」

メイアの声を背中に聞きながら、ディオンは建設中の迷宮へと足を踏み入れた。

自分が設計したのだから内部構造は頭に入っている。今いる小部屋は歯車のぎざぎざになっている突起部分のひとつで、正面扉を開けると歯車の中心にあたる円形ホールに出る。

円形ホールには壁に沿って、外周のぎざぎざの突起部分にあたるいくつもの小部屋に通じる扉が等間隔で取り付けられている。これでひとつの歯車エリアが構成されており、同じ形状の物が全部で五つ直列に配置されている。

つまり最初の歯車エリアの隣には第二歯車エリアがあり、第二歯車エリアの向こうにはさらに第三歯車エリアがあるわけだ。各歯車は入口の小部屋から見てちょうど反対側の扉の奥にある小部屋同士で連結されている。

本来の仕様だと誰かが第一歯車エリアの円形ホールに入るたびに、他の四つの歯車エリアがランダムに回転し、小部屋の連結が毎回変わるようになっていた。そうして毎回異なる組み合わせを楽しめる仕掛けだった。

けれども、現状はまだ歯車が回転する仕組みは動いていない。各歯車がとりあえず連結された状態になっているだけだ。

第一歯車エリアには誰もいなかった。息を殺し、耳をそばだてながら隣の第二歯車エリアに連結している小部屋へと進む。

その扉の向こうで、かすかな悲鳴が聞こえた。

サンディと目くばせをして、すぐさま飛び込む。

第三歯車エリアの中央ホールに、そいつはいた。

「ブラックドッグ」

黒い剛毛に覆われた、子馬ほどのサイズの魔犬。落ちくぼんだ眼窩《がんか》からは小さな赤い光がちらつき、氷のような息を吐き出している。

逃げ遅れた職人は、部屋の隅に追い詰められていた。

まだ若い。ディオンと同い年くらいだろう。

「逃げろ！　早く！」

ディオンが叫んでも、表情を凍りつかせたますますがるような瞳で見つめるばかりだ。

「サンディ、そいつを連れて逃げろ！」

魔犬と職人の間に割って入りつつ、腰に手をやって、はっと気づく。

(剣がない！)

すでに手放したことを失念していた。これまで剣のない生活を送ったことがなかったので、無意識のうちにそこにあるものだと思い込んでいたのだ。

だったら素手で戦うまでだ。

ブラックドッグの弱点は眉間だ。飛びかかってきたところをカウンターで、目と目の間に正拳を叩き込めばいい。

「来いっ！」

しかし、ブラックドッグはなかなか飛びかかってこない。それなりの知性があるので、相手が丸腰なことをかえって警戒しているのだろう。

間合いを計るように、ディオンの周囲をゆっくりと回る。

「来ないならこっちからいくぞ！」

先手必勝。腰を落としてから跳躍する。不意をつかれたのか、ブラックドッグの動きがいったん止まる。

「うおおおおっっっっ！」

拳《こぶし》を眉間に叩きつけると、ブラックドッグの頭蓋にミシリと亀裂が入る音がした。

しかしブラックドッグはひるむことなく、牙を剥き出して反撃してくる。

「浅いか⁉」

体をひねったが、避けきることはできなかった。後ろにいた職人が、悲鳴を上げながらいきなりディオンの腰にしがみついてきたのだ。バランスを崩して倒れ込んだところに魔犬がのしかかってくる。

冷たい吐息が顔に当たり、野獣の臭いがたちこめる。魔犬の赤い目にはなんの感情も浮かんでいない。獲物の喉笛を食いちぎろうと、鋭い牙が剥き出しになる。

（やられるっ！）

とっさに顔を背けかけた直後。

ピシッと、空気を切り裂く音がした。

「おいたはそこまでよ」

サンディが鞭をしならせたかと思うと、次の瞬間にはその先端がブラックドッグの首に巻きついていた。

頭を振ってもがく魔犬。しかしサンディが手首を軽くひねっただけで、あっさりと転倒させられる。

「素手で立ち向かう勇気は立派だけれど、ほめてはあげられないわ。あとは任せて」

辛口の批評を残しつつ、サンディはブラックドッグに立ち向かう。鞭が三回うなっただけで、魔犬は尻尾を巻いて逃げ出していた。

「おい、大丈夫か？」

その隙に立ち上がったディオンは、部屋の隅で震えている職人に声をかける。

「はい。なんとか。あの、さっきはすみませんでした」

「気にするな」

どうやら怪我はないようだ。しかし、腰が抜けて歩けないらしい。背負ってやろうとすると、男はちゃっかりサンディにすがりつく。

「しょうがないなぁ。じゃあ、あたしがだっこしてあげる」

「ありがとうございます、サンディさん！」

「なんだかなぁ」

鼻の下を伸ばしてサンディの首に腕を回す職人の態度に釈然としないものを感じたが、ディオンはすぐに意識を切り替えた。

逃げたブラックドッグを追跡していくと、第四歯車エリアの外壁に大きな穴が開いていた。

そこから湿った風が吹き込んでくる。ランタンをかざして覗き込むと、明らかに人手が加わった細長い回廊が広がっていた。

「王立ダンジョンの通路か」

その跡地は埋め戻されたはずだが、範囲が広大すぎるので完全ではなかったようだ。寸断された通路や部屋が、まだいくつも残っているのだろう。そのひとつがたまたま『万華鏡迷宮《カレードスコープダンジョン》』に接していて、そこからブラックドッグが侵入したらしい。

「でも、なんか妙だな」

もう一度穴の開いた壁を確認する。『万華鏡迷宮《カレードスコープダンジョン》』側の壁は完成したばかりで丁寧に仕上げられており、多少の衝撃ぐらいでは壊れないはずなのだ。それが外側から壊されている。

まるで、何者かがむりやりこじ開けたかのように。

背中がちりちりとひりついた。見えざる罠が口を開けて待っているような感覚。

不吉な予感を振り払えないまま、外で待っていたメイアたちに状況を説明する。その際、正直に自分の受けた違和感を述べた。

「では、ブラックドッグは洞窟に棲みつくモンスターではないんですか？」

「あいつらは広々とした荒れ地を好む。本当ならあんなところで出くわすようなやつじゃない。そうだろ、サンディ？」

「そうね。誰かが意図的に放たない限りは、ね」

サンディは、ディオンの見解に同意した。それを聞いたシローネが、鼻息も荒く立ち上がる。

「由々しき事態ですわ！　貴方たちが迷宮に潜っている間に、これが回ってきましたの」

シローネが差し出したのは、主催者であるダンジョン協会の回覧板だった。

『最近ダンジョン荒らしが多発しています。エントリーしている各社は十分注意してくださ
い』と、赤い太文字で記されている。

「ダンジョン荒らし？　なんだそりゃ？」

「回覧板を持ってきた天元堂さんの迷宮もやられたそうですわ。置いていたはずのアイテムが、
ごっそり盗まれたって嘆いてました」

「そいつは大損害だな」

「二回連続の金賞を狙っていたのに、改めて取り寄せなければならないので、期日に間に合わ
ないかもしれないって肩を落としていましたわ。今回の騒ぎもそれと関係ある気がします」

「誰かが妨害をしてるってことか？」

「可能性は高いですわ」

「シローネは誰だと思うんだ？」

「おそらく、コンテストにエントリーしている者の中に犯人がいます」

「まさか」

メイアが息を呑む。

「会場は関係者以外立ち入り禁止になっています。あたりは警備隊も巡回してますし、こそ泥

ふぜいがほいほい入れるような場所じゃありません」

「だとしたら許しちゃおけないな。俺は裏でこそこそするやつが一番嫌いなんだ」

どんな相手にも正々堂々と立ち向かう。それがディオンの主義だった。

シローネの推測が正しいとすれば、それは真剣に迷宮製作に打ち込んでいる迷宮設計士全員への冒涜《ぼうとく》行為だ。己が勝利するために相手の足を引っ張るやつがいるなんて、考えただけでも怒りで体が震えてくる。

「もしパラムドリムがあったら、ぶった斬ってやるところだ」

「でも、証拠もないのに、勝手に決めつけるのはよくないです」

メイアが慎重な見解を述べる。性格の良さが滲み出ている意見だが、同時にそれが彼女の欠点でもあるようにディオンには思えた。

人を疑えないのは諸刃の剣だ。悪いことではないのだが、それにつけこむ輩《やから》もいる。

「とにかく警戒するに越したことはないだろう。今夜は俺はここに残って、怪しいやつがいないか徹夜で見張る。サンディ、ケルベロスを借りていいか？」

「もちろん。この子たちは役に立つもの」

「だったら、わたしも一緒に残ります」

「だめだ」

メイアの申し出を、ディオンは即座に却下した。

「わたしだって役に立ちたいです。みんなにばかり大変な思いをさせるわけにはいきません」

「社長は帰って寝るのも仕事のうちだ。最近残業続きで疲れてるだろ」

「疲れているのは、みんな一緒じゃないですか」

「いいから帰れ。風邪でも引かれちゃ、かえってみんなの迷惑だからな」

「迷惑……ですか」

メイアはショックを受けたらしい。

「あ、そういう意味じゃないんだけど……」

言葉の選択を間違えたかもしれないとディオンはひそかに後悔した。

しかし、いずれにせよ戦いの素人を残すわけにはいかない。万が一メイアが怪我でもしたら、おそらく自分を許せないだろう。

結局、メイアはシローネになだめられながらダンジョン屋へと戻っていった。職人たちも仕事を終えると引き上げていき、ディオンだけが残された。

日が落ちると、急激に寒さが増してくる。

「今夜は特に冷えるな」

かじかむ手に息を吹きかけながら、孤独な夜を過ごし始める。

ダンジョン荒らしを近寄らせないだけならば、盛大に焚き火でもして人が残っていることを見せつければいい。

しかし、ディオンの考えは別にあった。ダンジョン荒らしが現れたら捕まえて、その正体を確認するのだ。そのためには自分が残っているのを悟られてはならない。灯りを消し、気配も消して、夜の闇へと溶け込むのだ。

長い夜だった。

思えばダンジョン屋に来てからは、ずっと誰かがそばにいた。シローネは口やかましいけど一緒にいると楽しいし、サンディはつかみどころがないが興味深いし、メイアといると乾いた心が潤っていく。

彼女たちから受けた恩はあまりにも大きい。その恩義を少しでも返すためにも、コンテストには絶対に優勝しなければならない。

月が南の空にさしかかった頃、枯れ葉が踏みしめられる音がした。

いつの間にかうとうとしていたが、それを耳にしてはっと目が覚めた。

ケルベロスも首をもたげる。ディオンは息を殺し、身じろぎをせず、針が落ちる音さえも聞き逃さぬよう全身を緊張させる。

やがて、右手の方角からはっきりとした物音が聞こえてきた。

二人から三人。足音の軽さからみて鎧は身につけていない。

カンテラの光が『万華鏡迷宮《カレードスコープダンジョン》』に向けられたかと思うと、人影がみっつ現れる。

ダンジョンの入口には『関係者以外立ち入り禁止』の看板が立てられているが、先頭の人影はそれを無視して足を踏み入れかけた。

「待て！」

そこにディオンがケルベロスと共に飛び出していく。

三人は、ぎょっとしたように振り返る。フードを目深に被《かぶ》っているため顔はわからないが、ディオンよりも背が高いので男のようだ。

「ここで何をしている」

男たちは返事をしない。無言のままじりじりと後ずさっていく。

「もう一度だけ聞く。ここで何をするつもりだった。返事がない場合は……覚悟はできているんだろうな？」

凄みを利かせながら、ディオンは手にした鞭を振り上げる。念のためにと、サンディから借りておいたのだ。

いきなり正面の男が殴りかかってきた。

「忠告はしたぞ！」

軽く身をかわすと、右足を出す。男は足を引っかけられてつまづいた。すかさず後ろにまわりこみ、左腕でその喉首を締め上げる。もがく男の後頭部を、鞭の柄で殴りつける。

男が崩れ落ちる間に、残りの二人が動いていた。右横をすり抜けようとする二番目の男の足下に素早く鞭を繰り出す。

しかし、狙いが定まらずに見当違いの地面を叩いてしまう。

「付け焼き刃はだめか」

鞭を手首に巻きつけると、男に体当たりする。腰を掴まれた男はバランスを崩し、頭から地面に突っ込んだ。ケルベロスがその背中に馬乗りになり、首筋に噛みつく。

「た、助けてくれぇ」

悲鳴を上げる男の手首を、ディオンは素早く鞭で拘束する。

「心配するな。甘噛みだ」

振り返ると、三人目の男は両手を挙げて逃げていくところだった。

その姿はすぐに闇の中へと隠れてしまう。最初に殴りかかってきた男も、いつの間にか姿を消していた。

「しかたがないな」

ディオンは、追いかけようとするケルベロスを制すると、取り押さえた男のフードを引き下ろす。

「……やっぱりそうか」

月光に照らし出されたその顔は、陣中見舞いと称してエルゼンがやって来た時に酒樽を運んでいた男に間違いなかった。

「どういうことか、洗いざらいしゃべってもらうぞ。もししゃべらない時は……ケルベロスの餌にしてやる」

凄みを利かせると、男は目に涙を浮かべてうなずいた。

第五章　勇者の復活

捕まえた男を警備隊に引き渡すと、翌日には警備隊長がやってきた。

ボーゼンと名乗った隊長は、ディオンが不届き者を捕まえた功績を大げさにほめ称え、近々ダンジョン協会から賞状が贈られるだろうと語った。

自分が推薦してやったのだから感謝しろと言わんばかりの、恩着せがましいボーゼンの弁舌《べんぜつ》を遮《さえぎ》って尋ねる。

「エルゼンの処分はどうなった？」

「処分だと？」

「あいつが妨害行為を働いたことがはっきりしたんだ。当然、ティンクル・ラビリンスは出場停止になるんだろう？」

「こそ泥が捕まったこととティンクル・ラビリンスと、なんの関係があるというのだ？」

「はぁ？」

呆れてものが言えなくなりそうだった。男を警備隊に引き渡す時、あれほど事情を説明したというのに、もう忘れてしまったのだろうか？

「だから、あいつはエルゼンに雇われてウチの迷宮を壊すつもりだったんだよ」

エルゼンは、自社が金賞を取るのに邪魔になりそうなライバル会社の迷宮を片っ端から壊せと指示を出していた。男がそう白状したのだ。

「天元堂の迷宮からアイテムを盗み出したのも連中だ」

「こちらの取り調べには黙秘を続けている。我々はそんなことは聞いていない」

「なんだって!?」

そんな馬鹿な。エルゼンに命じられたと、あいつは確かに言ったはずだ。

「君の勘違いではないのかね?」

「昨日、俺たちはあの男がエルゼンと一緒にいるのを見ている。エルゼンに雇われているのは間違いないんだ。ティンクル・ラビリンスに照会してくれ」

「ティンクル・ラビリンスは、そんな社員は存在しないと言っている」

「なっ……!?」

今度こそディオンは言葉を失う。『サラマンダーの尻尾切り』。そんな慣用句が頭に浮かんだ。

ボーゼンは哀れみの目でディオンに告げる。

「君の奮闘は認めよう。こそ泥相手によくやった。しかし、いささか想像力が豊かすぎるようだな。詩人にでもなった方がいいんじゃないか?」

「俺が嘘をついてるって言いたいのか?」

「君の証言だけでは、警備隊は動けないということだ」

「だったら、他にも証言できるやつがいればいいんだよな。クレオ!」

声をかけると、事務所の隅に半透明の亡霊が現れる。

「お呼びですかぁぁぁ？」

「昨日の夜、おまえが目撃したことを教えてやれ」

「わかりましたぁぁぁ」

ダンジョン前で乱闘騒ぎになった後、ディオンはクレオに頼んで、逃げた男たちを追跡してもらっていた。

「彼らは一目散にエルゼンの館に入っていきました。間違いありませぇぇぇん」

クレオは、それからずっと屋敷を見張っていたが、男たちが出てきた気配はないという。

「連中はまだ屋敷にいるはずだ。今踏み込めば、動かぬ証拠がきっと見つかる」

「それはできない」

「なんでだよっ！」

「亡霊の世迷い言に証拠能力はない。従ってその証言は無効だ。アンデッドの言葉を真に受けるなど、頭がどうかしている」

「――っ！」

瞬間、ディオンの頭に血が上った。怒りのあまり声が出せない。

「待ってください！」

やりとりを聞いていたメイアが、我慢できなくなったのか進み出る。

「クレオさんは嘘をつくような人じゃありません。わたしが保証します」

「社長……ありがとうございますぅぅぅ」

クレオは感極まったのか、両手で顔を覆って泣き出した。

しかし、ボーゼンは眉ひとつ動かさない。

「メイア社長。あなたの人柄は街の者みんなが知っている。しかし『アンデッドに人権なし』という法を忘れてもらっては困りますな。亡霊の発言は公式な記録としては認められない。警備隊がエルゼン邸を捜索するための根拠にはなりませんな」

「ですが！」

「話は終わりだ。失礼する」

赤マントを翻《ひるがえ》してボーゼンが立ち去ると、ダンジョン屋に重い空気が漂った。

「いったいどうなってるんですの？」

シローネが天を仰ぐ。

「街の治安を守るべき警備隊も、ああなってはおしまいですわね」

「初めて会った時から悪い印象しかなかったが、今のでその針は最悪側に振り切れたぜ」

考えたくはないが、警備隊がエルゼンに買収された可能性すらある。

サンディは、鞭の手入れに余念がない。布で丁寧に鞭を磨いてから試し振りをする。

「うん。いい感じ」

空気を切り裂く音を確認して、満足そうにうなずく。

想像上のボーゼンに一発食らわせたのだろうか。舌なめずりをしてディオンに問う。

「で、これからどうするの？」

「決まってる。エルゼンの屋敷に乗り込むんだ」

まだ怒りが収まらない。

「警備隊が頼りにならないんなら、俺たちがやるしかない。エルゼンがダンジョン荒らしを指示していた動かぬ証拠を見つけるんだ。それを協会に提出すればさすがに言い逃れはできないだろう。ティンクル・ラビリンスは永久追放だ」

「賛成」

サンディがすっと手を挙げる。

「平気でおいたをするようなああいう人は、一度くらい痛い目に遭《あ》った方が本人のためだと思う。この子たちも連れていってもいいかしら？」

ケルベロスは嬉しそうに尻尾を振る。彼らもエルゼンに思うところがあるようだ。

「他の人には噛みついちゃダメよ」

ワンワンワン。

ケルベロスは三頭揃って返事をした。

「わたくしも行きますわ」

シローネもソロバンを握りしめて立ち上がる。

「世の中に許せないものがみっつあります。不正経理と嘘つきと上から目線の男ですわ。エルゼンは、少なくともそのうちふたつには当てはまります。ソロバンが計算以外にも役立つことを身をもって教えて差し上げますわ」

「よし、行こう」

高揚した気持ちを抑えかね、ディオンたちはエルゼン邸に殴り込みに向かおうとした。

しかし、その前に立ちはだかる者がいた。

メイアだ。

「待ってください！」

「どいてくれ。俺はもう我慢ならないんだ。エルゼンのやつ、正々堂々と戦わずに汚い手ばっかり使いやがって。あの澄ました横っ面《つら》をぶっとばさないと気が済まない」

「駄目です。そんなことをしては」

「残念ながら、世の中には話してもわからないやつがいるんですわ」

シローネもディオンに加勢する。

それでもメイアは引かない。ディオンたちを一歩も外に出すまいと、両手を広げて訴える。

「暴力は何も生み出しません。お互いに傷つけあって、なんになるっていうんです？　みんなが不幸になるだけじゃないですか」

「今はそんなきれいごとを言ってる場合じゃない。やるかやられるかの瀬戸際なんだぞ」

「きれいごとなんかじゃありません。迷宮設計士としての信念の話をしているんです！」

メイアはディオンの腕を掴む。思いがけないほど強い力が込められていた。

「ディオンたちのやろうとしていることは破壊です。でも、わたしたちの仕事はそうじゃない。迷宮を造り、みんなの喜びを生み出すこと。創造こそがわたしたち迷宮設計士に与えられた役目なんです。それを忘れないでください」

涙を浮かべながら、メイアはディオンの胸を叩く。

「エルゼンさんが何をしようと関係ない。他のことに気を取られないで。わたしたちがやるべきことは『万華鏡迷宮《カレードスコープダンジョン》』を完成させる、ただそれだけ。ディオンの手は人を傷つけるためじゃない、みんなを笑顔にするために使ってください。もっと自分の仕事に誇りをもって！」

メイアの拳《こぶし》は、ディオンの体にではなく心に響いた。

ひとつひとつが突き刺さる。

怒りの炎は、メイアの涙を見て瞬時に消えた。彼女を泣かせてしまったことへの震えるような後悔だけが、ディオンの心の芯を貫いていく。

「……すまない。俺が間違っていた」

シローネとサンディも、ばつが悪そうに互いをちらりと見やってから、メイアに謝る。

「わたくしとしたことがつい興奮して、恥ずかしいところをお目にかけました。反省ですわ」

「ごめん、メイア。もうしないから許して」

最後にディオンも頭を垂れる。

「俺たち、頭に血が上ってたみたいだ。自分のなすべきことを見失いかけたけど、おかげで目が覚めたよ」

「わかってくれたらいいんです」

指で涙を拭ったメイアは、目を真っ赤にしながらも、ほっとしたように微笑みかけた。

メイアはいつだってすごい。進むべき方向を間違いかけると、必ず正しい道へと導いてくれる。思えば、初めて会った時からそうだった。

いつか彼女にふさわしい、そんな男になりたい。

心に問いかけたが、答えは見つからないままだった。

「迷宮造りはこれからが正念場です。納期も迫ってるし、ぐずぐずしている暇はありません」

メイアは表情を引き締め直すと、きっぱりと宣告する。

「そういうわけで、今日は徹夜です。みなさん、覚悟してください」

「徹夜は構わないけど、この間の特製ブレンドだけは勘弁してくれ」

ディオンは下腹を押さえながら、おずおずと手を挙げる。

異論は、誰からも出なかった。


それからは怒涛の日々だった。

朝から晩まで作業に追われ、限界まで働いてから泥のように眠る。

瞬く間に時が流れて、気がつくとコンテスト前日になっていた。

「なんとかここまでこぎつけましたわね」

完成間近となったダンジョンを前に、シローネが感慨深げにため息をつく。

「ダンジョン屋の力がひとつになった結果だな」

ディオンは、すっかり伸びてしまった髪を束ねる。忙しすぎて床屋に行く暇もなかった。

「あたしたちだけじゃない。みんなが協力してくれたおかげってことを忘れちゃダ・メ」

「サンディの言うとおりです。皆さんには感謝しかありません」

無謀とも思えるスケジュールをなんとかこなせたのは、ロコじいさんたち職人の努力あってのものだった。寝不足で倒れかけたディオンの代わりに、ドンネたちが持ち回りで夜の見張りも引き受けてくれた。

そのためか、ダンジョン荒らし騒ぎはあの日を境に起こっていない。

「さすがにエルゼンも懲りたのではないですか？　警備隊がヘタレだったから助かったものの、一歩間違えれば身の破滅だったんですから」

「どうかしら。彼は完璧に振られても気づかないような、空気読めないタイプだし」

サンディは、シローネと違って懐疑的のようだ。

「俺もそう思う。それはそうと、あいつの迷宮はどうなってるんだ？」

「『黄金迷宮』ですわね？　先日偵察に行ってきましたけど、ほとんど完成していましたわ」

ピラミッド状の『黄金迷宮』は、遠目からでもよく目立つ。ダンジョン屋では捻出できない膨大な資金が投入されたことだろう。

それを見た時のシローネの心境はいかばかりか。ディオンはひそかに同情した。

「でも、前評判はよくないわ」

ばっさり切って捨てたのはサンディだ。

「見た目だけは派手だけど、仕掛けはつまらないし。金箔にお金を使いすぎて、建材は安い粗悪品を使ってるってもっぱらの噂」

「ひどい。そんなんじゃ顧客の信用を得られません！」

メイアは憤然と批判する。

「エルゼンさんは、性格はあんなでも仕事だけは真面目にする人だって思ってたのに……がっかりです」

「性格はあんなでもって……メイアもはっきり言いますわね」

「いい子いい子」

サンディは、嬉しそうにメイアの頭を撫でながら話を続ける。

「審査員の国王は立派な方らしいし、ティンクル・ラビリンスが金賞を取るのは難しいかも」

「つまり、俺たちにも金賞の可能性はあるってことか？」

「ですわね。天元堂さんはリタイアしてしまったし、客観的に見ても他のダンジョンは大したことはありませんわ。これはチャンス到来かも」

「絶対いけるって！」

「イエーイ、ですわ！」

ディオンは、シローネと両手を打ち合わせた。

「貴方とハイタッチする日が来るなんて、夢にも思っていませんでしたわ」

「俺もだよ」

「最後まで気を抜いちゃダメですよ」

メイアがきちんと釘を刺す。

「わかってるって」

サンディの言葉ではないが、空気の読めないエルゼンのことだ。この期《ご》に及んでも、まだなにか企んでいるかもしれない。警戒を緩めるつもりはなかった。

「明日のコンテストが始まるまで、俺が見張りに立つ」

全ては明日決着がつく。ここまで来たからには、何があろうと邪魔はさせない。

心に決めたディオンの首筋を、季節外れの生ぬるい風が撫でていく。

それが、どうにも気持ち悪かった。

「嫌な予感がする」

首を押さえながら顔を上げると、いまにも地平の果てに沈みゆこうとする真っ赤な太陽が目に焼きついた。


エルゼンは追い詰められていた。

ダンジョン屋の作業を妨害するよう部下に命じたら、ディオンごときに捕まってしまうとは。

「いい迷惑だ。部下が無能だと、社長のボクが苦労させられる」

深夜、人気《ひとけ》のない林の中で吐き捨てる。

今回の件は警備隊に裏から手を回してなんとか揉み消したが、余計な金を使ってしまった。

『黄金迷宮』建設のコストが予定よりも大幅にかさんでいるというのに、さらなる打撃だ。

現場からの報告によれば、コンテストで優勝しないと、迷宮の建設費用が回収できないとのことだった。エルゼンの計画に消極的だった会社の重役連中は、ここぞとばかりに責任を追及してくるだろう。

そうなれば、いかにエルゼンでも社長降格は免れないだろう。さもなければ自ら退任するか、どちらにしても結果は同じだ。

「ふっざけるな。ティンクル・ラビリンスはボクの会社だぞ。ここまで会社が大きくなったのは誰のおかげだと思ってるんだ」

茂みをかき分けながら毒づく。

エルゼンは父の言葉を思い出す。『力こそ正義。勝てば官軍』だと。どんなに崇高《すうこう》な理想を掲《かか》げても、社員を食わせられなければ経営者として失格なのだ。その教えを忠実に守ってきたからこそ、どれだけ汚い手を使うことにもためらいはなかった。

「メイア……」

幼なじみの顔を思い出すと苛立ちが募る。物心がついた頃から、メイアは世界に光が満ちあふれていると信じ切っていた。疑うことを知らず汚れを知らず、無邪気に人の善意を信じていた。その陰で多くの汗と涙が流れていたことに、気づいてさえもいないのだろう。

メイヤの父も同じだ。迷宮造りにしか関心のなかった彼は、エルゼンの父が資金繰りにどれだけ苦労したのか知らないのだ。

「理想だけでは食ってはいけないんだよ！」

メイアにそれを思い知らせるために、ダンジョン屋の吸収合併を目論《もくろ》んだ。現実を思い知って心を入れ替えれば、元々頭のいい彼女のことだ、よきパートナーになっただろう。

そしてふたりで手を取り合って、ダンジョン業界のてっぺんを取るつもりだったのに。それがあの男――ディオンのせいで台無しになろうとしている。

「冒険者崩れの役立たずのくせにメイアに取り入るなんて……あいつだけは絶対に許さない」

藪を払って、エルゼンは小さな塚の前へとやってきた。

周囲には崩れ落ちた壁や石柱が散乱しているため、ランタンの光が外に漏れることはない。

ここはかつての王立ダンジョンの中心地。ディオンによって、地の底深く黒龍グラスノチェダールが葬られた地だ。

ティンクル・ラビリンスの勝利を阻むであろうダンジョン屋を妨害したいものの、警戒が厳しくなってさすがに同じ手は通用しない。

崖っぷちに立たされたエルゼンが最後に思いついた奥の手が、禁断の秘技の実行だった。

懐《ふところ》から革袋を取り出すと、南の果ての高峰マインフェルトで採れた岩塩、世を捨てて密林に引き籠もった大賢者ワーシンが清めた聖水、北の地に棲まう雪巨人エインダルの奥歯を塚の上に撒く。さらに短刀で親指を傷つけ、血の雫を数滴落とした。

それから黒い革表紙の本を夜空に向かって両手で掲《かか》げる。王立図書館の地下書庫に秘蔵されていた魔道書『死魂霊法《ネクロパティカ》』。エルゼンは、死した魂をその体と共に復活させる『還り御魂の術』が記されている禁断の書物を盗み出していた。

尋常ならざる執念で、今では失われた古代文字を解読し、暗誦《あんしょう》しておいた呪句を高らかに詠唱する。

「偉大なる黒龍グラスノチェダール。御身のまつろわぬ魂よ、いまこそ目覚めの刻《とき》は来たれり。その朽ちたる躯《からだ》を立ち上げ、再び混沌の大地へと蘇れるべし。而《しか》して御身の恨みが晴らされんことをここに願わん」

エルゼンは、背中に冷たい汗を流しながら詠唱を続ける。『還り御魂の術』は王国法によって固く禁じられており、実行者は重罪となる。

しかし今のエルゼンに、善悪を判断できるほどの理性は残されていなかった。メイアへの妄執とディオンへの恨みが募ったあげく、心のたがが外れてしまったのだ。

これまでの妨害工作は手ぬるすぎた。ダンジョン屋に勝つためにグラスノチェダールを復活させ、『万華鏡迷宮《カレードスコープダンジョン》』を徹底的に破壊させる。そうすればライバルになり得る相手はいなくなるので、間違いなくティンクル・ラビリンスの黄金迷宮が優勝するはずだ。

(最後に勝つのはオレだ。そして全てを手に入れる)

その一心で、エルゼンは呪句を唱え続ける。

呪句を唱え終わるや、すぐさまほんのかすかに足下が揺れる。

それは次第に大きくなり、すぐに立っていられなくなるほど激しくなった。

大地がひび割れ、周囲の石柱はドミノ倒しのように崩れていき、尻餅をついたエルゼンの目前で黒龍の塚が小山のように盛り上がってくる。

そして塚は内側から爆発し、土砂が飛び散った。

大地の底から現れたのは、斃《たお》されたはずの黒龍グラスノチェダール。禁断の秘術が、黒龍に仮初《かりそ》めの魂を与えたのだ。

その目は復讐に燃え、容赦なく紅《あか》く輝いている。

「よくぞ蘇った黒龍、いや『黒死龍《ネクロデッドドラゴン》』よ。お前に命じる。ダンジョン屋の『万華鏡迷宮《カレードスコープダンジョン》』を破壊しろ！」

興奮と恐怖で額にびっしりと汗を浮かべたエルゼンは、前髪を振り乱しながら『万華鏡迷宮《カレードスコープダンジョン》』のある方向を指差した。

しかし、それには目もくれず、グラスノチェダールはゆっくりと巨体を起こす。

「どうした。ボクの言うことを聞け！」

必死に叫ぶエルゼンに、黒死龍は道端の小石を蹴り飛ばすように無造作に前脚を動かす。

「うわぁぁぁあっつっ！」

その衝撃で、エルゼンは後ろに弾き飛ばされる。堅い樫の木の幹に激しく背中を叩きつけた。

「ぐ……はっ……」

口から血を吐き出したエルゼンが見たものは、まっしぐらに自分の『黄金迷宮』へと向かっていくグラスノチェダールの背中だった。

テントで仮眠を取っていたディオンは、何かの吠え声で目を覚ました。

「なんだっ!?」

跳ね起きたとたん、熱気を帯びた風がテントの中に吹き込んでくる。

外に飛び出すと、深夜だというのに西の方角が明るくなっている。木々の間から見えるオレンジ色の舌。枝の焼け焦げる臭い。

「火事か!?」

とっさに浮かんだその考えを打ち消すかのように、またしても咆哮がとどろく。

グオオオオオオ――――――――ン!

全身が総毛立つ。金属を擦り合わせるようなあの吠え声は、忘れようとしても忘れられない。

「グラスノチェダール!?」

王立ダンジョン地下深くに埋もれたはずの黒龍が、再び姿を現したのだ。

ディオンは炎に向かって走り出す。あっちはティンクル・ラビリンスの区画のはずだ。

雑木林を抜けたとたん、これまでとは比べものにならない猛烈な熱風が吹きつけてきた。

チリチリと肌が灼け、髪が逆立つ。

メイアから借りていたマントで、顔をかばいながら目を細める。

闇の中、ここだけが金色に染め上げられていた。『黄金迷宮』と周囲に広がる炎によって。

ピラミッド状の『黄金迷宮』の背後に陰が差す。

そして、その頂上に爪をかけながら黒龍が姿を現した。

見覚えのあるシルエット。間違いない。

「生き還って、黒死龍になりやがったのか!?」

唾を飲み込もうとしたが、喉がカラカラに乾いていて無理だった。久しぶりに見るグラスノチェダールは記憶よりもひとまわり以上大きく見えたし、アンデット特有の禍々しいオーラを発していた。

首をもたげた黒死龍の、龍族特有の縦長の瞳孔がピントを絞るように細められた。

――見ツけたゾ。にンげン。

黒死龍が人間語で喋った。発音できない言葉をむりやり口に出そうとしているような、ざらざらとした不快な声だった。

――ワれは、キさマをコロス。

口を開けると、喉の奥から炎の塊がせり上がってくるのがはっきりと見えた。

とっさに前方の『黄金迷宮』に向かって走る。こういう時、敵に背を向けるのは愚の骨頂だ。黒死龍の死角になるように、相手の反対側の土台に滑り込んだ。

直後、炎のブレスが吐き出される。真紅の奔流は地面を舐めつくし、木々を消し炭へと変貌させた。

黒死龍は口を開けながら首を振り、ブレスを広範囲に撒き散らしていく。体勢を保つために前脚に力を入れすぎたのか、『黄金迷宮』の頂上がその体重を支えきれずに崩落した。

巨大な石の塊が、ディオンに降り注いでくる。かすっただけでもただでは済まない。背中を壁に貼りつけてそれを避ける。

地面に落下して砕けた石は、表面の金箔を血しぶきのように撒き散らす。

それはエルゼンの虚構が引き剥がされた象徴のように、ディオンには思えた。

あたりは一面火の海だ。黒死龍の隙をつき、一旦後退の決断を下す。コンテスト前夜なので
他にも誰か残っているかもしれない。避難させねばならないし、警備隊にも通報しなければ。

身をかがめながら隣の区画まで走るとやはり人がいた。杖をついた身なりのいい老紳士が、
燃える森を見つめている。

「何やってるんだ！　早く逃げろ！」

ディオンが叫ぶと、老紳士は困ったように首を振る。

「しかし、馬車を回してくると言ったきり、連れがまだ戻ってこないのだ」

「のんきに待ってたら焼け死ぬぞ」

もしくは黒死龍の顎《アギト》に砕かれるか。いずれにせよ気持ちのいい未来ではない。

「しょうがないな」

連れが戻ってくるのを待つ余裕はない。ディオンは老紳士を抱え上げると、お姫さまだっこ
の要領で走り出す。

「な、何をする!?」

「黙ってろ。舌を噛むぞ」

「む、ワシはこんな経験は初めてだ」

「俺もだよ」

お姫さまだっこ初体験の相手はこのじいさんか。なんでメイアじゃないんだよ。

心の中で泣きながら走っていると、警備隊の一団が駆けつけてきた。

「ちょうどよかった。このじいさんを安全なところに運んでくれ」

老紳士を警備隊のひとりに押しつけると、ボーゼンに状況を説明する。

「グラスノチェダールが復活しただと⁉」

みるみるボーゼンの顔が青ざめた。

「すぐに街に知らせてくれ。それと、他にもまだ人が残っているかもしれない。捜索を頼む」

「わ、わかった」

ボーゼンは部下にディオンが言ったとおりのことを命じると、自分はそそくさと立ち去ろうとする。

「待て。どこにいくつもりだ」

「警備隊の屯所に戻る。そこで善後策の検討を……」

しどろもどろに言い訳をするボーゼンに、ディオンは詰め寄る。

「のんきなことを言ってる場合か！　ぐずぐずしてると黒死龍は街に行っちまう。そうなる前に迎え撃つんだ」

「誰が？」

「おまえらに決まってるだろ！　そのための警備隊だろうがっ！」

我慢の限界を超えたディオンは、ボーゼンの胸ぐらを掴んで睨みつける。

「それとも、その腰に吊した剣は飾りなのか？」

「わ、我々の任務は街の治安を守ることで、黒死龍退治は管轄《かんかつ》外だ」

「……まだそんな言い訳をしやがるのか」

「モンスター退治は、そうだ、冒険者の仕事ではないか。ダンジョン協会に依頼して、腕利きの冒険者を集めてもらおう」

「もういい！」

ディオンは、ボーゼンを突き飛ばす。

地面にへたり込んだ隊長の剣を引き抜くと、ボーゼンは何を勘違いしたのか、世にも情けない悲鳴を上げた。

「ひいい。どうか命ばかりはお助けを！」

「うるさい！」

一喝すると黙り込む。ディオンは何度か素振りをして剣の感触を確かめると、立ち尽くしたままの警備隊員たちを見回した。

「おまえらがやらないなら、グラスノチェダールは俺が倒す。何度だって倒してやるさ！」

ディオンは身を翻《ひるがえ》すと、元来た道を駆け戻る。

その背中をボーゼンは呆然と見送った。

「クレオ、いるか？」

走りながら、ディオンは闇の中へと呼びかける。

「お呼びですかぁぁぁぁ？」

前方の柳の下にクレオが現れる。ディオンは足を止めることなく指示をする。

「メイアたちにこのことを知らせてくれ。危険だからダンジョン屋の外には出るな。万が一のために避難の準備もしておけってな」

「もう伝えましたぁぁぁ。黒死龍が『黄金迷宮』に現れた時にびっくりしてすぐにぃぃぃぃ」

クレオはディオンに併走しながら返事をした。

「気が利くじゃないか。さすがだな」

「それが……そのぉぉぉぉ」

せっかくほめたのに、クレオはなぜかもじもじしている。

「ディオンが心配なので、メイアさんたちはこっちに来るそうですぅぅぅぅ」

「なんだって!?」

血の気が引いて立ち止まる。

「どうして止めなかったんだ！」

「そんなこと言われても無理ですぅぅぅぅ」

クレオは泣きそうな顔で両手を振る。その指先がディオンの体をすり抜けた。

「そうだったな。悪い」

亡霊が生者を物理的に引き留めることはできない。ディオンは、素早く頭の中で計算をする。

ダンジョン屋からここまではさほど遠くない。メイアたちを巻き込まないためには今すぐ片をつける必要がある。

「黒死龍がどうしてるかわかるか？」

「『黄金迷宮』を焼き尽くしたあと、こっちに向かってきてますぅぅぅぅ」

次の狙いは『万華鏡迷宮《カレードスコープダンジョン》』ということだ。

「だったら、やるしかないな」

水筒の水で乾いた喉を潤すと、黒死龍に向かって走り出す。

「クレオ、おまえは下がってろ。龍の炎は亡霊さえ燃やし尽くしちまうからな」

「は、はいぃぃぃぃ！」

『黄金迷宮』を破壊し尽くした黒死龍は、焼け焦げた木々を蹴散らしながら姿を現した。

鼻孔から灰色の煙が吹き出している。漆黒の鱗は闇と同化しているが、燃え盛る炎が輪郭をくっきりと浮かび上がらせていた。

「ここから先は通さないぜ。うおぉぉぉっっっ！」

雄叫びを上げながら黒龍に肉薄する。中途半端な距離が一番危ない。接近戦を挑めば、少なくともブレスを浴びることはない。

黒死龍はディオンの脇腹を狙って右前脚を横薙ぎにしたが、その行動も読んでいた。素早く伏せると、真上を鋭い爪が通過していく。

炎に舐められた大地は熱を持っていた。焦げた草の臭いに咳き込みそうになるのをこらえつつ、目星をつけていた切り株へとダッシュする。それに足をかけ、黒死龍に向かって跳躍した。

唯一の弱点は、その喉首。

「食らえっ！」

裂帛《れっぱく》の気合いと共に剣を突き上げる。

狙い過《あやま》たず、切っ先はグラスノチェダールの喉に届いた。

しかし黒死龍の喉首を貫くはずの剣は、次の瞬間真っぷたつにへし折れた。

「何ィ!?」

ディオンは目を剥《む》きながら着地する。さすがにこれは想定外だ。手元には折れた剣の柄だけが残り、黒死龍には傷一つついていない。

「安物を使いやがって！」

見かけ倒しの剣を投げ捨てる。武器はもうない。

黒死龍はディオンを見失ったようだ。巨体が仇になって、かえって死角を広げている。その腹の下に潜り込みながら、ディオンは懸命に頭を巡らせた。

さて、どうするか。

素手で戦うのは不可能だ。かといって新たな武器を取りに戻る余裕はない。帰ってきた頃には『万華鏡迷宮《カレードスコープダンジョン》』は消し炭と化しているだろう。

メイアたちと力を合わせて迷宮造りに精を出した日々が走馬燈のように駆け巡る。

「ちょっと待て。そいつは早まりすぎだろ」

頭を叩いて走馬燈を振り払う。ここで死ぬ気なんて微塵《みじん》もない。

なんとしても生き残るというのが、新米冒険者が最初に教わる信条だった。いろいろあったが、やはり冒険者根性は抜けないらしい。

「まあいいさ」

ひとつうなずくと、黒死龍の背後から飛び出した。

「こっちだ。のろま！」

注意を引きつけて少しでも『万華鏡迷宮《カレードスコープダンジョン》』から引き離す。それが取りうる最善の選択肢と判断した。

ディオンに深い恨みを抱いているグラスノチェダールは、自分に対する悪口を絶対に聞き漏らさない。

――逃ガしはシなイ。

グラスノチェダールはすぐさま方向転換する。黒死龍の放つ殺気が背中に突き刺さる。それは現実の痛みとなってディオンの体を突き抜けた。

黒死龍は進化の過程で翼が退化しているため空は飛べないが、歩幅は大きく、ディオンとの距離はみるみる縮んでいく。

ここで炎を吐かれたら一巻の終わりだ。冷たい汗が全身から噴き出し、肺は熱く、心臓は今にも爆発しそうだ。

全力で走るディオンの行く手に『黄金迷宮』が姿を現す。なかば崩れ落ちて焼け焦げたそれは、巨大な墓標のようだった。

ドラゴンブレスを吐かれる前に、あのうしろに回り込めれば身を隠せる。

希望が見えた瞬間、不意に何かに足を掴まれた。

つんのめるように転倒する。腹ばいになったまま振り返ると、誰かに足首を握られていた。

「たすけて……くれ」

虫の息で男が言う。

「おまえ、エルゼン!?」

エルゼンは火傷を負っていた。自慢の髪も純白の服も、見る影もなく真っ黒に煤《すす》けている。

「なんだってこんなところにいやがるんだ!?」

「すまない……ボクが……あんなことさえしなければ……」

何を言っているのかわからないが、話は後だ。見捨てることはできないので、肩を貸して立ち上がらせる。

そこに黒死龍が追いついた。

――コレデ、オワリダ。

黒死龍の喉が膨れあがる。ドラゴンブレスが吐かれる兆候だ。

しかし、ディオンは目をそらさない。エルゼンを支えつつ、グラスノチェダールと対峙する。

逃げようとして背中を灼かれて死ぬだなんて恥ずかしすぎる。かつて冒険者だった者として、無様な真似だけはしたくなかった。

黒死龍の口がゆっくりと開く。牙が剥き出しになり、炎の前兆の熱風が吹き付けてきたその瞬間――空気を切り裂く音がした。

「アナタの相手はあたしよ」

グラスノチェダールの背後、鞭をしならせたのはサンディだった。

「おいたはそこまで。たっぷり調教してあげるからこっちを向きなさい、黒死龍ちゃん」

聞き逃せない挑発にグラスノチェダールが振り返る。すぐさま炎を吐き出した。

「サンディ！」

紅蓮の炎が視界を遮り、サンディの姿を見失う。思わず体がすくんだが、すぐに炎の向こうから返事があった。

「大丈夫。安心して」

落ち着いた声。どうやらサンディは炎に巻かれる寸前に身をかわしたらしい。ほっとしながら、ディオンはエルゼンを『黄金迷宮』まで引きずっていった。

とりあえず外壁のそばに横たえるが、エルゼンはすでに気絶していた。

怪我の程度はわからない。懐《ふところ》を探ってみたが、血のついた短剣が見つかったくらいで、他に役立ちそうなものは持っていない。エルゼンの近くには黒革表紙の本が転がっていたが、ほとんど焼け焦げてしまっていて、何も読み取ることはできなかった。

短剣はまともな武器としては使えないが、ないよりはましだ。それを手にして引き返す。サンディがいるということは、間違いなくメイアとシローネも来ているはずだ。

燃え盛っていた炎が風に払われると、サンディが黒死龍を挟んで向こう側の木陰にいるのが見えた。腹ばいになって黒死龍の様子をうかがっている。

一方、ディオンから見て右手の藪には、おかっぱ髪と赤いリボンが見え隠れしている。

（メイア！　シローネ！）

「まるで素人だな」

ディオンは頭を抱えたくなった。メイアたちは真剣に隠れているつもりなのだろうが、あれでは黒死龍から丸見えだ。

メイアもこちらに気づいたらしく、小さく手を振ってくる。

黒死龍に気づかれぬよう、声は出さずに手でサインを送る。安全な位置まで後退しろというサインだったが、メイアたちが冒険者ではないのをうっかりしていた。

サインを解読できなかったメイアは、呼ばれていると勘違いしたのか、茂みから身を乗り出したのだ。その胸には、剣がしっかりと抱え込まれている。

武器を届けに来てくれたのか。だが、あまりにも無謀だ。

「伏せろっ！」

危険を顧みずに叫んだが遅かった。黒死龍はメイアを視界に捉える。

鋭い牙が、ガチガチと不気味に打ち鳴らされる。

「アナタの相手はあたしって言ったはずよっ！」

気を引きつけようとサンディが鞭を鳴らす。

しかし黒死龍は微動だにしない。サンディを無視してメイアに狙いを絞っている。サンディの技を持ってしても、ドラゴンを調教することはできないのだ。

「メイア、逃げろ！」

なりふり構ってはいられなかった。ディオンは黒死龍に突進すると、短剣を投げつける。

狙うは黒死龍の右目。

見事に命中したものの、分厚いまぶたに跳ね返される。

それでも目測を誤らせる効果はあった。

メイアに吐き出されるはずのブレスがずれて、ディオンとメイア、ふたりのちょうど中間点に炎の壁ができあがる。

メイアは剣を抱きしめたまま、熱風にあおられてよろめいた。

あの剣さえ手に入れられれば……

メイアまでわずか数十歩。だがそれを無慈悲な炎が隔てている。

「早く逃げろ！」

もう一度叫ぶが、メイアは首を横に振る。口を真一文字に結び、黒死龍など目に入らないかのようにまっすぐディオンだけを見つめている。

「あれを食らったら終わりだぞ！」

ドラゴンブレスを避ける手段は残されていない。三人まとめて炎の餌食になるだろう。

「まだチャンスはありますわ」

茂みの中で、シローネは猛烈な勢いでそろばんを弾いていた。

「黒龍は身体的構造上、立て続けに炎を吐けません。わたくしの計算によればその間隔は一八〇タルカス。その間、黒死龍は肺に空気を送るため動きが鈍くなります」

天才的なシローネの頭脳は、これまで謎とされてきたドラゴンブレスの発射間隔について明確な答えを導き出した。

「なら、まだ余裕はあります！」

メイアが叫んだ。ためらうことなく炎の壁に向かって走ってくる。

「──っ！」

メイアが炎に巻かれる姿が浮かび、ディオンの心臓は凍りつく。

呼吸さえ忘れた刹那の後、メイアは炎の壁をくぐり抜けてディオンの下までたどりついた。

そのまま勢いあまってタックルされる。ディオンはメイアを抱きしめようとしたがこらえきれず、ふたりはもつれ合いながら地面に転がった。

あれ？　なんかこんなこと前にもあったような気が……

そんな思いがよぎる間もなく、

「ディオン、これを！」

立ち上がったメイアから手渡されたのは、愛剣パラムドリム。

「どうして!?」

だが、とまどっている余裕はない。ディオンは鞘を引き抜いた。

研ぎ澄まされた剣を黒死龍に向けながら走る。やはり手にしっくりとなじむ。炎に照り返されて、刃が紅蓮に輝いた。

「今度こそ！」

渾身の一撃を繰り出す。グラスノチェダールの爪がディオンの脇腹を薙いだが、それよりも喉元を貫く方が速かった。

剣の柄を肩に当て、全身の筋肉を使って黒死龍の喉に押し込んでいく。

深く深く、どこまでも深く。

黒死龍が左右に激しく首を振り、ディオンの手から剣を弾き飛ばそうとする。グラスノチェダールの鼻孔から、熱い蒸気が迸《ほとばし》る。

しかしディオンは腰を落とし、足を踏ん張って必死に耐えた。手が痺れてきたが、構わずにさらに両腕に力を込める。メイアが命がけで作ってくれたこのチャンス、絶対に逃すわけにはいかない。

「お前の魂のあるべき処《ところ》、地の底深くに還れ！　グラスノチェダール！」

ディオンが叫ぶと同時に、パラムドリムの切っ先が黒死龍の喉を貫く確かな手応えを感じた。

グオオオォォォォォオォッッッッ――――――っ！

黒死龍の絶叫に大気が震え、燃え広がっていた炎が瞬時に消える。

口から黒い血を吐きつつ、静かに、ゆっくりとグラスノチェダールは横倒しになっていく。

それに殉じるように、燃え尽きた木々も将棋倒しに倒れていく。

黒死龍の尻尾が二度、三度と大地を叩いた。それを最後に動かなくなる。

エルゼンの呪文によって冥界から呼び戻された魂は、再び安息の場所へと戻っていったのだ。

「やっ……た……」

ディオンは笑みを浮かべようとしたが、口元がひきつっただけだった。剣が手から滑り落ち、ざっくりとえぐられた脇腹から鮮血がほとばしり出る。

一拍遅れて、忘れていた激痛が襲ってくる。

全身の力が抜けて、ディオンはがっくりと膝をついた。

「ディオン！」

メイアの悲鳴。

かすんでいく視界の端に、駆け寄ってくるメイアが見えた。服は炎によって黒く焼け焦げ、その顔は涙と煤《すす》で汚れている。

煤《すす》まみれの顔は似合わないと思った。

メイアには、やっぱり白い服がよく似合う。そうだ。給料が出たら今度一緒に買いにいこう。

とりとめのない思考を最後に、ディオンはあらがえない闇の底へと落ちていった。


祝賀会に集まった人々で、ぽっぽ亭は大賑わいだった。

「いやー、実にめでたいねぇ」

ポルコがほかほかの饅頭《まんじゅう》で山盛りになった皿を持ってくる。営業スマイルではなく、心底笑いが止まらないっていう顔だ。

「皆さんのおかげでウチのダンジョンも連日大入りだ。さあ、好きなだけ食べてくれ」

「おっ、うまそう」

ディオンが手を伸ばそうとすると、サンディに手首を掴まれる。

「いててて。退院したばっかの男に何するんだよ」

「怪我はすっかり治っているはずよ。お饅頭《まんじゅう》よりもメイアの挨拶が先でしょう？」

「おっと、そうだった」

正面の椅子に座っていたメイアにうなずきかけると、メイアは緊張気味に立ち上がった。ぎこちない足取りで店の前方に設けられたひな壇に登る。

「注目ー！」

ディオンが手を叩くと、店内のざわめきは潮が引くように消えていった。ダンジョン屋一同の他、ロコじいさんやドンネたち『万華鏡迷宮《カレードスコープダンジョン》』に関わった人々の視線がメイアに集中する。

「み、皆さん、ほ、本日はお足元の悪い中お集まりいただき、ありがとうございます」

最近は晴天続きで足元は悪くないのだが、やはり緊張しているようだ。

「えっと……その……こ、このたびは……えっと」

失言に気づいたらしく、メイアはしどろもどろになってしまう。現場の打ち合わせなら慣れているだろうが、晴れの舞台でこれほど大勢の前でスピーチをした経験はないのだろう。純白のドレスとは対照的に、みるみる首筋が真っ赤に染まっていく。

来客は礼儀正しく沈黙を保っているが、会場には微妙な空気が漂い始める。

ディオンは会場の隅で頭を抱えた。

あーもう、見てらんないぞ。変に気取ったりするからだよ。

そう思ったのと同時に、ディオンの足は勝手に動いていた。人混みをかき分けてひな壇に登り、メイアの横に並び立つ。

「あんな段取りでしたっけ？」

「ここは彼に任せましょう」

最前列でシローネとサンディが囁き交わす。

「メイア」

ディオンはメイアの髪を縛っている、おろしたての青いリボンに手をかける。そして思いっきりきつく結び直した。

「いだだだだ」

「これでいつもの自分に戻っただろ」

ディオンはメイアの背中を軽く叩くと、彼女に代わって挨拶をする。

「えー、皆さん、今日は俺たちダンジョン屋のために集まってくれて感謝します」

難しい挨拶は知らない。言葉を選ばず素直な気持ちを口に出す。それできっと伝わるはずだ。

「ダンジョン屋は、迷宮コンテストで銀賞を取ることができました。みんなが協力してくれたおかげです。ありがとう！」

人差し指を伸ばした拳《こぶし》を突き上げると、いっせいに拍手がわき起こった。檀上のくす玉が割れて、銀色の紙吹雪が舞い落ちてくる。

ディオンは気持ちが高ぶって、自然とメイアの手を取って一緒に掲《かか》げた。

ますます拍手が大きくなる。サンディは小さく口笛を吹き、シローネは殺意に満ちた目で睨んできたが、気がつかないふりをした。

それで緊張がほぐれたのか、メイアがスピーチを引き継いで、無事に開会の辞が終了した。

あとはどんちゃん騒ぎだ。ディオンの下に次々に客が押し寄せてくる。

「グラスノチェダールを二度も倒すとは驚いたわい。S級冒険者の肩書きは伊達じゃないのう」

ロコじいさんは上機嫌だ。酒が回っているのか、顔が真っ赤になっている。

「メイアのおかげです」

メイアは、ディオンが金策のため、家宝の剣をロコじいさんに託したと知ってしまったらしい。だから、黒死龍が出現したことをクレオから聞くとすぐにロコじいさんの家に行って、売られるはずだった剣を借りてきたのだ。

「メイアがパラムドリムをくれなかったら、こうして笑ってなんかいられなかった。だけど、剣を買う相手がまだ見つからなかったのは運がよかった」

「わしは初めから売るつもりはなかったがのう」

「えっ！　そうなの!?」

「こんな業物《わざもの》を人手に渡したら罰が当たるわい。おぬしの『万華鏡迷宮《カレードスコープダンジョン》』の構想を聞いた時、これはイケると思った。職人としての長年の勘じゃ。そして思った通り銀賞を取った。わしの目に狂いはなかったということじゃ」

エールを一気にあおって、ロコじいさんは豪快に笑う。

「賞金の八千万ギルダーがあれば、わしらの代金と迷宮建設費用を払うには十分なはずじゃ。めでたしめでたし。わっはっは！」

陽気に笑いながら去っていくロコじいさんの背中に、ディオンは頭を下げていた。

知らないところで、みんなが協力してくれていた。ドンネも初めは文句ばかり言ういけ好かないやつだと思っていたが、積極的に見張りを買って出てくれたりした。あとで改めて礼を言おう。

人の温かさに感激していると、うしろでシローネがぼそりと呟く。

「でも、今ウチが火の車なのは変わりませんわ。一億ギルダーあればこれからもなんとかやっていけたのですけれど。このままだと、わたくしたちの来月のお給金は出ませんわよ」

狙っていた金賞は、残念ながら別の会社に持っていかれてしまった。この業界に足を踏み入れて半年にも満たない駆け出しのアイデアが、金賞を取るほど甘くはないということだ。

けれどもディオンに悔いはない。出せるものは出し切ったという自負がある。

「心配するな。銀賞をとったんだし、なんとかなるって」

「なんでそんなに気楽でいられるのか、貴方の鋼の神経がうらやましいですわ」

ため息をつくシローネを適当にあしらい、ディオンは店の隅にいるクレオに話しかける。

「よう。楽しんでるか？」

「最高ですぅぅぅぅ」

舞台俳優だったクレオは、人が大勢いるところが好きらしい。ディオンはひとつうなずいてから、ずっと気になっていたことを尋ねてみた。

「で、エルゼンの容態はどうなんだ？」

黒龍が倒された後、エルゼンは駆けつけた救急隊によって王立病院に搬送された。重度の火傷を負っていたものの奇跡的に一命を取り留めたことは聞いたのだが、自分も他の病院に入院していたので、その後の経過は知らない。

「まだ入院中ですが、快方に向かっているとのことですぅぅぅぅ」

「そうなのか？」

「医者もびっくりの回復速度で、あと一月《ひとつき》もすれば退院みたいですよぉぉぉぉ」

「悪運の強いやつだな。だけど、退院したからってお天道様の下を歩けるわけじゃない」

クレオの話によると、意識を取り戻したエルゼンは病院で警備隊の事情聴取を受け、自分のしたことを白状したらしい。

反魂の呪句でグラスノチェダールを復活させたことは重罪だ。退院してもそのまま身柄を移送され、警備隊の牢屋で罪を償うことになるだろう。

半年前にディオンが押し込められた牢屋に今度はエルゼンが入ることになるなんて、つくづく運命とは不思議なものだ。

「落ち着いたら、見舞いにでも行ってやるか」

エルゼンの行為は許されないが、きっちり罪を償うのであればそれ以上責めるつもりはない。もっとも、そんな気持ちになれるのは人的被害が他になく、破壊されたのがエルゼンの『黄金迷宮』だけだったからかもしれないが……

メイアは、エルゼンの所行については沈黙を貫いている。幼なじみだから心中は複雑なのだろうが、ディオンもあえてそれには触れていない。

聞くところによると、エルゼンはティンクル・ラビリンスの社長の任を解任されたらしい。『サラマンダーの尻尾切り』が自分に跳ね返ってきたというわけだ。

「あいつの会社はこれからどうなるんだ？」

「エルゼンの妹さんが、新しい社長に就任したみたいですぅぅぅぅ」

「あいつに妹なんていたのか？」

「噂だと兄以上のやり手らしいですよぉぉぉぉ」

今回の件でティンクル・ラビリンスは決定的に評判を落とした。顧客が離れて受注は激減し、社員も大勢解雇されたらしい。経営の立て直しは容易ではないだろう。

しかし、ディオンはティンクル・ラビリンスの復活を祈った。ライバルは手強いほど燃えるというものだ。

クレオと別れてからメイアを捜したが、なかなか見つからない。どうやら奥の人垣の中にいるようだ。人々が群がっているせいで、メイアは埋没している。

祝賀会の主役なのだから当然だろう。

声をかけるのをあきらめて、ディオンは店の外へと足を進める。

「どこに行くの？」

「ちょっと外の空気を吸ってくる」

サンディに呼び止められたので、適当に答える。

「例の話、聞いたわ。決心はついたの？」

「……ああ」

「メイアには？」

「まだ言ってない」

ディオンは、今後の人生に関わる重大な案件を抱えていた。返事は明日までということになっている。秘密にしていたはずなのに、相変わらずサンディの嗅覚はごまかせないようだ。

彼女の琥珀色の瞳が、物問いたげに潤む。

「君は気づいてないかもだけど、メイアはとっても頼りにしてるわ。今や君はダンジョン屋になくてはならない存在なの」

「だからなんだよ」

「ううん。別に」

あとは若いふたりでご自由に。そう言い残すと、サンディはふらふらとバーカウンターへと去っていった。

扉を開けると、冷たい風が吹き込んでくる。

コートの襟を立てながら、ディオンはあてもなくフラフラと街をさまよう。

そして気づくと、いつかの公園へとやってきていた。ベンチに腰を下ろして、メイアと再会した夜を思い出す。

あの日もこんな満月だった。

失っていた大切な物を、ディオンは取り戻そうとしている。

しかし、そのためにはもうひとつの大切な物を失わねばならない。

青い夜に包まれながら目を閉じていたディオンの耳が、軽い足音を捉える。

「ここにいると思った」

メイアは、するりとディオンの隣に滑り込む。

「挨拶まわりはもういいのか?」

「ディオンのことが気になって、途中で抜け出してきちゃった」

「シローネに叱られるぞ」

「いい。その時はうんと怒られるから」

「だったら、そんな隅に座ってないでこっちにきなよ」

「うん」

寄り添うメイアの体は温かかった。

けれども、ふたりきりの時間を許さないかのように冷たいつむじ風が足元を舞う。

「くしゅん！」

メイアが両手で口を押さえた。

鼻が赤くなっている。こんなところにいつまでもいたら風邪を引いてしまう。ディオンはようやく心を決めた。

「大事な話があるんだ」

「だと思った」

メイアは驚く様子もない。ディオンが何を言おうとも、受け入れる覚悟ができているかのようだった。

「入院している間にこれを受け取ったんだ」

懐《ふところ》から手紙を取り出す。立派な封筒で、裏には王室の紋章を象《かたど》った封蝋がされていた。

「国王からの手紙だ。助けてくれた礼だってさ」

まさかお姫さまだっこした老紳士が国王だったとは。

それを知ったディオンは病院のベッドでひっくり返った。国王は迷宮コンテストを翌日に控え、お忍びで事前視察をしている時に黒死龍復活の現場に遭遇したらしい。

手紙にはディオンへの感謝が綴られ、グラスノチェダールを二度退治した功績として小切手が同封されていた。

「これはダンジョン屋で使ってくれ」

小切手をメイアに手渡す。そこに記された額に、メイアは目を丸くした。

「こんなにたくさん受けとれません！」

「いいんだ。それだけあればダンジョン屋も少しは余裕ができるだろ？」

三千万ギルダー。それがディオンに与えられた褒賞金だった。

しかし、そんなものには関心がない。それよりもディオンを悩ませていたのは、手紙の末尾に記されていた国王直々の申し出だった。

「俺を、国王の親衛隊長として召し抱えたいそうだ」

「え？」

「本来はボーゼンが親衛隊長に任命されるはずだったんだが、黒死龍と戦わずに逃げた責任を取らされてクビになったらしい。その後釜として俺に白羽の矢が立ったみたいだ」

「すごいじゃないですか！」

「しかも、この申し出を受ければダンジョン協会と掛け合って、冒険者免許も再交付してくれるって書いてある」

ディオンとしては、あきらめていた冒険者復帰への道が予想外の形で開かれたことになる。

「おめでとうございます」

メイアは、立ち上がると拍手した。

しかし、手に力はない。

「よかったですね。これでまた冒険者に戻れるんだ。本当に……よかった」

無理に微笑もうとするが、途切れがちの言葉とうつむく視線がメイアの心境を表していた。

こんなメイアは見たくない。

心の底から思うと同時に、最後の迷いが晴れていく。

「決めた！」

ディオンが手紙をふたつに引き裂くと、メイアがはっと息を呑む。

「この話は断る。あいにく親衛隊には興味がないんだ」

「だけど、それだと冒険者免許がもらえなくなっちゃいます」

「俺は冒険者としてではなく、迷宮設計士として生きていく。これからもダンジョン屋で世話になるさ」

「本当にいいんですか？　ウチは貧乏だし、給料は安いし、ティンクル・ラビリンスと比べたらなんにもない小さな会社ですよ」

「だけど、ダンジョン屋にはシローネもサンディも、それにメイアもいるし……」

これからの人生を、メイアと共に歩いて行くと決めた。冒険者としての未来は失ったが、不思議と辛くはない。それよりもメイアとダンジョン屋で働くことの嬉しさが遙かに勝っている。

この選択を後悔することはない。そうはっきりと確信した。

ディオンの気持ちが伝わったのか、メイアも何かを決心したように涙を拭う。

「よかった。本音を言うと、さみしかったんです」

「これからも、よろしくお願いします！」

ディオンが手を差し出すと、メイアもしっかりとその手を握り返してきた。

「はい。こちらこそ」

彼女の手は少し冷たい。

「くしゅん！」

メイアがまたくしゃみをする。

「さっさと帰らないと本格的に風邪を引くぞ」

ディオンは自分のマントにメイアをくるむ。ぴったりと寄り添いながら、空を見上げた。

銀の月がふたりの未来を祝福するかのように、静かに優しく微笑んでいる。

明日もきっと晴れるだろう。

「メイアーっ！　ディオン！」

帰りが遅いのを心配したのだろう。シローネとサンディが走ってくる。

「迎えがきたみたいだぞ」

ダンジョン屋は、いつだって一心同体なのだ。

「おーい」

ディオンは大きく手を振り返すと、迷宮設計士としての大いなる一歩を踏み出した。


〈おわり〉

BRAVENOVEL
ブレイブ文庫

このダンジョンの設計者は元勇者です

2019年2月28日　初版第一刷発行

著　者　　柄本和昭

発行人　　長谷川　洋

発行・発売　株式会社一二三書房
〒102-0072
東京都千代田区飯田橋2-14-2雄邦ビル
03-3265-1881
https://bravenovel.com/

印刷所　　中央精版印刷株式会社

Printed in japan.
ISBN 978-4-89199-552-2